Mord

am

Brandfleidam

Autor: Wolfgang Pade

Bibliografische Information der Deutschen Nationalbibliothek:
Die Deutsche Nationalbibliothek verzeichnet diese Publikation
in der Deutschen Nationalbibliografie; detaillierte bibliografische
Daten sind im Internet über http://dnb.dnb.de abrufbar.

Mord
am
Brandfleidam

Herstellung und Verlag:
BoD - Books on Demand, Norderstedt
ISBN: 9783755785101

Der Autor

Wolfgang Pade bereiste viele Länder der Erde. Für diesen Kriminalroman besuchte er Südafrika, Kapstadt, sowie dessen schönes Umland, um die daraus gewonnenen Erkenntnisse in dieses Buch zu integrieren. Er ist verheiratet, Vater zweier Söhne und arbeitet als Ingenieur und Manager in einem großen deutschen Konzern.

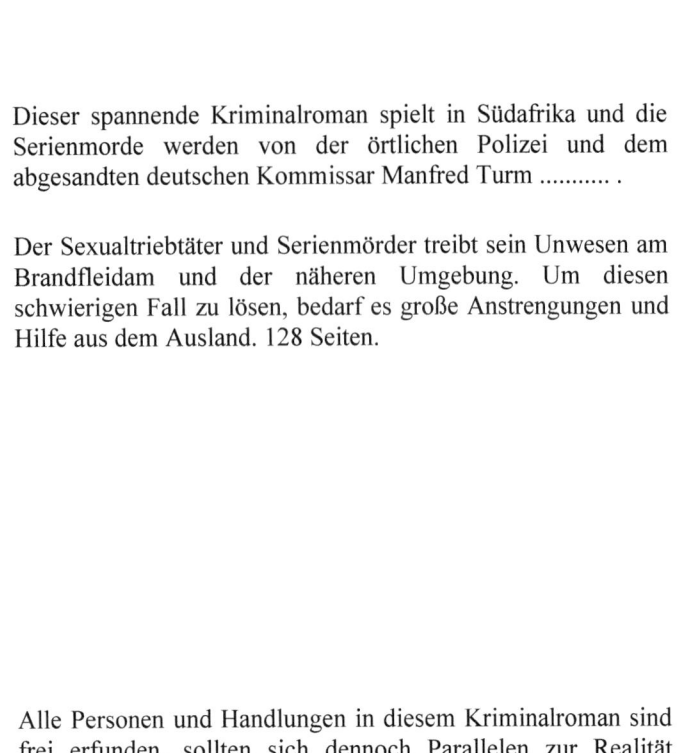

Dieser spannende Kriminalroman spielt in Südafrika und die Serienmorde werden von der örtlichen Polizei und dem abgesandten deutschen Kommissar Manfred Turm ....

Der Sexualtriebtäter und Serienmörder treibt sein Unwesen am Brandfleidam und der näheren Umgebung. Um diesen schwierigen Fall zu lösen, bedarf es große Anstrengungen und Hilfe aus dem Ausland. 128 Seiten.

Alle Personen und Handlungen in diesem Kriminalroman sind frei erfunden, sollten sich dennoch Parallelen zur Realität ergeben, so sind diese rein zufällig und unbeabsichtigt.

Leseempfehlung ab 16 Jahre.

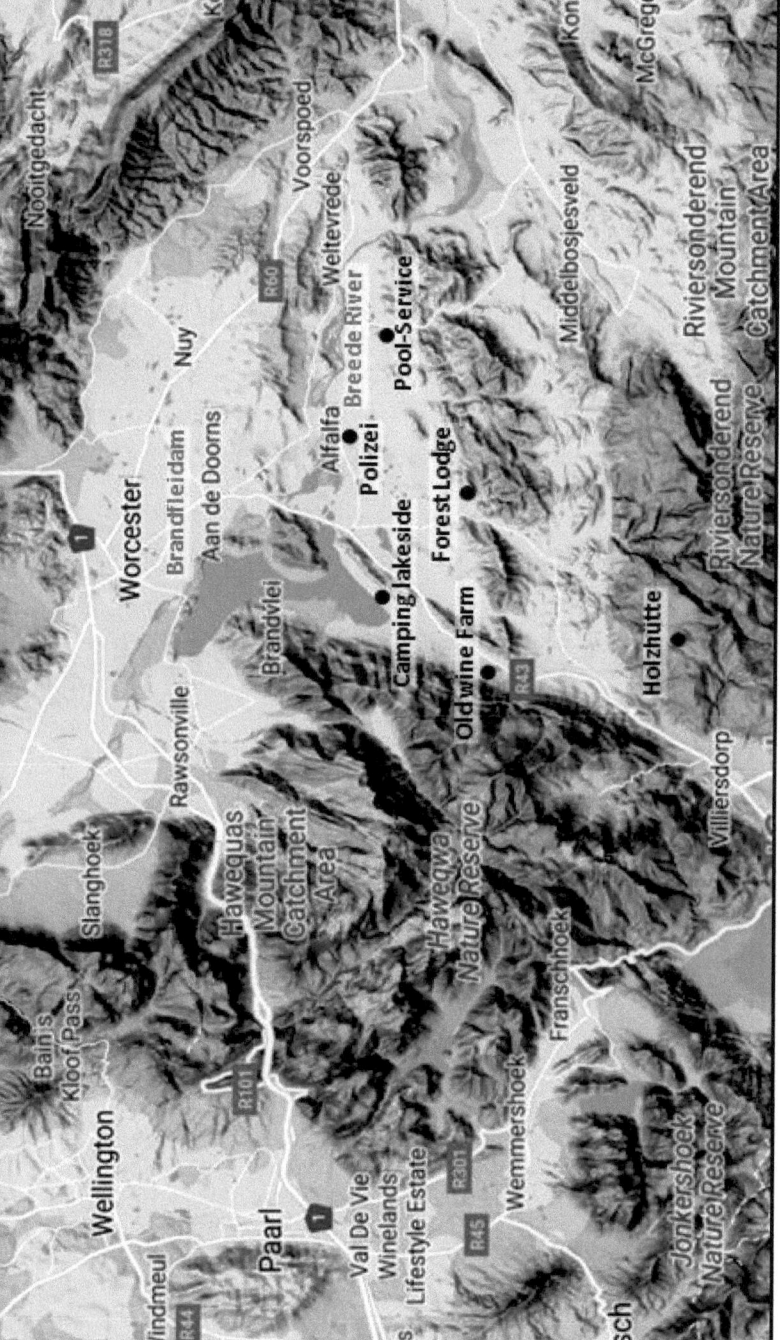

Mord

am

Brandfleidam

Gelangweilt steht die hübsche und erotische vierundzwanzig-jährige Omphile Khumalo aus der Kleinstadt Alfalfa in Süd-afrika hinter der Theke ihres kleinen roten Containerkiosk an der Hauptstraße. Gerne kommen die Kunden zu der schlanken, vollbusigen Frau, die ihre langen vollen Haare gerne zu geflochtenen Rasta mit bunten Kugeln trägt, um einen kleinen Einkauf zu tätigen oder das Vergessene aus dem Supermarkt zu besorgen. Heute trägt sie ihre knallengen Jeans mit Rissen und Löchern darin, die ihre sexy Figur ganz besonders betonen. Dazu eine wild gefleckte bunte Bluse, die sie schulterfrei trägt, dadurch kommt ihr filigraner Körper und ihre üppige Ober-weite ganz besonders gut zur Geltung. Manchmal kommen die jungen Männer vorbei und kaufen nur eine Kleinigkeit im roten Containerkiosk, um die junge Frau mit ihrem hübschen Engels-gesicht, den klaren und feinen Konturen ihrer zart braunen Haut und den perfekten Körper, zu sehen. Natürlich versuchen sie die etwas naive und gutgläubige Frau zu einem Rendezvous zu überzeugen, grundsätzlich lehnt die schüchterne Omphile Khumalo solche eindeutigen Einladungen ab.

Heute ist es wieder besonders heiß in Südafrika und aus diesem Grund fallen Omphile Khumalo die Augen fast zu, wegen der Langeweile und der Hitze in ihrem roten Containerkiosk. Zudem es im unisolierten Kiosk nicht mal eine Klimaanlage gibt und die Temperatur sich im Container deshalb noch weiter aufheizt. Sie versucht durch das Öffnen der roten Eingangstür aus Wellblech und der hochgeklappten Thekenklappe die Situation zu verbessern, sodass ein wenig Zugluft die un-erträgliche Hitze mildert. So wedelt durch die weißen Moskito-netze und den zusätzlichen geschlossenen Sicherheitstüren und Fenster aus Stahlrohrrahmen etwas warme Luft. Sie träumt mit offenen Augen vor sich hin und freut sich schon auf den Feierabend, um mit ihrer besten Freundin Amogelang Buthelezi, mit der sie in einer Wohngemeinschaft in einer einfachen Hütte lebt, ein paar frische kühle Fruchtsäfte zu trinken und eine Kleinigkeit zu essen. Beide Jung-unternehmerinnen achten sehr auf ihre Figur, weil sie sportlich und fit bleiben wollen, um möglichst lange Spaß am Leben zu haben und eventuell später einmal einen tollen Mann zu finden, mit dem sie eine Familie gründen und ein paar Kinder haben werden.

Plötzlich wird Omphile Khumalo aus ihrer Ruhe gerissen. Sie zuckt ein wenig zusammen, als sie eine rufende Stimme vor ihrem roten Kiosk "Truck Shop" hört. Ihre beste Freundin Amogelang Buthelezi, die einen kleinen Friseurladen namens "Barber Shop" neben ihr an der Hauptstraße führt, rief sie. "Bist du wieder einmal eingeschlafen, ist aber heute auch kein Wunder, bei der großen Hitze", fragte sie. Die gleichaltrige und ebenfalls sehr hübsche Frau, die von der Figur her ihre Schwester sein könnte, aber zum Unterschied zu Omphile Khumalo eine typischen afrikanische Wuschelkopffrisur trägt. Ihre schwarzen kleingelockten kräftigen Haare wirken auf ihrem Kopf wie ein übergroßer Helm aus Haaren.

Amogelang Buthelezi wollte ihre Freundin nicht erschrecken, sondern nur fragen, ob sie nach dem Abendessen noch an den Brandfleidam schwimmen gehen. Sie kennt dort eine ganz fantastische Stelle in der Nähe des "Camping Lakeside".

Omphile Khumalo fand aus ihrem Tagtraum und stimmte ihrer besten Freundin gerne zu der guten Idee am See zu. Dann plauderten sie noch ein paar Sätze, bis ein Kunde an den Kiosk kam und dem Gespräch ein wenig folgte, aber vor allem die zwei hübschen Frauen im Auge hatte. Er stierte so auffällig, dass Omphile Khumalo ihn direkt fragte, ob er nur zum Spannen hergekommen ist, oder etwas kaufen möchte.

Er wirkte ganz verdutzt, denn von der sonst so zurückhaltenden und etwas schüchternen Omphile Khumalo war er solche flotten Sprüche nicht gewohnt. Der dreißigjährige Kunde ist Bokamoso Mahlangu aus Wellington, der seit vielen Jahren in Alfalfa auf der "Old wine Farm" als Gartenarbeiter und Helfer sein Geld verdient und ein Zimmer im Arbeiterhaus bewohnt. Bokamoso Mahlangu hat es schwer im Leben, denn er wurde in einer sehr armen und kinderreichen Familie in Wellington geboren, konnte deshalb keine Schule besuchen, zudem hat der hagere, hilfsbereite, geistig etwas zurückgebliebene, aber immer freundliche junge Mann noch den Nachteil, dass der im Gesicht durch eine Hasenscharte entstellt ist. In der "Old wine Farm" arbeitet Bokamoso Mahlangu meistens im Garten an der schönen Poolanlage, vor dem eleganten weißen Farmgebäude der großen Weinfarm. Diese lebt von der Produktion des Spitzenweines, zusätzlich halten sie aber auch ein paar Hühner, Nguni-Rinder und betreiben etwas Landwirtschaft für den Eigenbedarf.

Bokamoso Mahlangu brauchte ein paar Sekunden um sich zu fangen und um seinen Blick von den vollen, prallen Oberweiten der jungen Frauen zu lösen. Er verlangte dann eine Schachtel Zigaretten, bezahlte eilig und verschwand auch gleich wieder, ohne irgendwas zu sagen, aber starrte dabei auf die zwei Schönheiten. Insgeheim dachte er sich, eine dieser zwei Frauen als Gattin zu haben, das wäre sein Traum. Schlagartig fiel ihm bei diesen Gedanken sein entstelltes Gesicht ein, so verdrängte er schnell diesen Herzenswunsch und ging seines Weges. Ganz im Gedanken erinnerte er sich an die für ihn zärtlichen Berührungen, wenn er alle paar Monate im "Barber Shop" von Amogelang Buthelezi die Haare gewaschen und geschnitten bekam. Dabei spürte er, wie sein Herz anfing zu pochen und sich in der Lendengegend etwas bewegte.

Der eine oder andere Kunde kaufte im "Truck Shop" noch eine Kleinigkeit oder ließ sich im Nachbargeschäft, dem "Barber Shop", in der simplen Holzhütte die Haare schneiden. Die zwei Jungunternehmerinnen waren ein wenig vom Erfolg verwöhnt, denn in Südafrika war es nicht einfach einen Job zu finden und schon gar nicht als Frau. So wurden sie durch ihren Fleiß und den Ehrgeiz sogar zu selbstständigen Unternehmer-rinnen, was die zwei hübschen Frauen stolz machte.

Der Feierabend kam und die zwei jungen Frauen schlossen ihre Geschäfte ab und liefen zu ihrer naheliegenden Hütte aus Holz und Blech, um gemeinsam eine kühle Limonade zu trinken und eine Kleinigkeit zu Essen. Sie hatten noch Biltong, das ist ein südafrikanischer Snack, der hauptsächlich aus getrocknetem Fleisch, in diesem Fall war es Rindfleisch, besteht. Dazu gab es Fladenbrot vom Grill, etwas Obst und Gemüse. Beide aßen nicht viel, denn sie wollten schlank und sexy bleiben.

Danach zogen sich die jungen Frauen ihre äußerst knappen Bikinis an und betrachteten sich im Wandspiegel der Hütte. Sie posierten und drehten sich vor dem Spiegel und es freute sie, was sie dort sahen, ja sie waren stolz auf ihre makellosen Körper. Dann schnell ein kurzes Strandkleid über und schon saßen sie auf ihren alten Fahrrädern und fuhren eiligst an den Brandfleidam, um sich im Wasser des Sees zu erfrischen. Amogelang Buthelezi fuhr voraus, denn sie wollte ihrer Freundin die Badestelle zeigen, die sie erst vor Kurzem in der Nähe des "Camping lakeside" entdeckt hatte.

Das ist ein wunderschöner kleiner weißer Sandstrand zwischen dem dichten umrandeten Grün der Bäume und Sträucher. Nur ein kleiner Trampelpfad führt die letzten Meter dort hin. Sie stellten ihre Fahrräder ab, zogen schnell die kurzen Strand-kleider aus und rannten eilig in das frische Wasser des Sees. Planschten wie verliebte Teenager und spritzten sich gegen-seitig voll. Danach schwammen sie eine große runde in dem klaren und erfrischenden Wasser des Brandfleidams. Omphile Khumalo schlug vor wieder an den Strand zu schwimmen und sich etwas zu sonnen und den mitgebrachten Fruchtsaft zu trinken. Da Amogelang Buthelezi auch durstig war, nickte sie zu und beide schwammen um die Wette an das schöne Ufer des Sees. Die etwas bessere Schwimmerin Omphile Khumalo gewann das kleine Duell. Sie setzten sich auf die mitgebrachte Decke und genossen die kühlen Erfrischungsgetränke.

Plötzlich hörten sie jemanden kommen und sahen zu dem Pfad, dort war aber kein Mensch zu sehen. Vielleicht hatten sie sich auch verhört und kicherten weiter auf ihrer Decke. Mit wilden Tieren rechneten sie hier so nahe am "Camping lakeside" nicht. Dann fiel Amogelang Buthelezi ein, sie müsse noch dringend einen späten Termin in ihrem Friseursalon wahrnehmen, denn sie hatte einer Freundin versprochen, ihr die Haare für ein erstes Rendezvous mit ihrem zukünftigen Liebhaber schön zu machen. Weil es am See so schön war und Omphile Khumalo noch einmal schwimmen wollte, blieb sie am Strand sitzen und verabschiedete sich von ihrer Freundin.

Der hagere Bokamoso Mahlangu folgte den zwei Frauen unauffällig und versteckte sich im Gebüsch um den zwei Schönheiten beim Baden und Sonnen zuzuschauen. Er war fasziniert von ihren perfekten Körpern und ganz besonders erfreute er sich an den üppigen Brüsten der jungen Frauen.

Die in ihren nassen Bikinis deutlich zu erkennen waren und bei jedem Schritt so wunderbar wippten. Wie gefesselt folgte er jeden ihrem Schritte, traute sich aber nicht aus seinem Versteck, um sie anzusprechen und den näheren Kontakt zu knüpfen. Er musste an die unangenehme Situation am roten Kiosk denken und diese Peinlichkeit wollte er unbedingt vermeiden. Als er sah wie Amogelang Buthelezi durch den Pfad zum Fahrrad lief und davonfuhr, fasste er seinen ganzen Mut zusammen und lief, in seiner roten alten Badehose über den Pfad zum See.

Als Omphile Khumalo abermals Geräusche vom Pfad hörte, drehte sie sich um und sah Bokamoso Mahlangu in seiner alten roten Badehose kommen. Da sie ihn kannte, fragte sie nur gelangweilt: "Was machst du denn hier?" Daraufhin antwortete er, dass er sich ein wenig an diesem wunderschönen Platz erholen und im See erfrischen möchte. Beide saßen stumm beieinander und schauten verlegen, je in eine andere Richtung. Nach einer Weile hörten sie Stimmen am Seeufer und fixierten sich darauf, bis sie die Familie Dlamini aus der Richtung des "Camping lakeside" erkannten. Alle vier kamen in Bade-kleidung am Seeufer entlang gelaufen und spielten dabei freudig mit ihren zwei kleinen Kindern.

Der schwarze Lethabo Dlamini aus Kapstadt mit seinen acht-unddreißig Jahren und seine zwei Jahre jüngere weiße Frau

Karin, gebürtige Müller aus Köln, betreiben den Campingplatz "Camping lakeside" am Südufer des Brandfleidam. Er ist sportlich schlank, sein brauner Kopf ist kahl rasiert, er trägt einen schwarzen gepflegten Vollbart und die massive schwarze Kunststoffbrille sticht aus seinem filigranen Gesicht hervor. Lethabo Dlamini ist ein sparsamer und fleißiger Mann, der früher als Kaufmann in einem Großbetrieb in Kapstadt hart für seinen Traum, als freier Unternehmer zu arbeiten, schuftete. Dort sparte er Geld und eröffnete vor acht Jahren mit seiner Frau den Campingplatz am Südufer des Brandfleidams. Herr Dlamini erledigt den Schriftverkehr und Karin organisiert den Campingplatz in seinem hölzernen Verwaltungsgebäude, in dem sich auch ein Restaurant, ein Fremdenzimmer und eine kleine Bar befindet. Vor dem am Waldrand stehenden Verwaltungsgebäude wurde ein großer rechteckiger Pool für die Gäste gebaut. Darauf folgt eine weitläufige grüne Wiese mit kurzem Gras, die sich bis zum See erstreckt. Ein paar Akazienbäume spenden Schatten, unter denen sich die Camper mit dem Wohnmobil, Zelt oder Geländewagen ausbreiten können. Zur Unterstützung haben die Besitzer zehn fest-angestellte Arbeiter, die den Campingplatz in Schuss halten und den Besitzern jede Menge Arbeit abnehmen, so dass dem Kaufmann und der gelernten Kindergärtnerin aus Köln noch genug Zeit bleibt, um mit ihren zwei süßen Kindern, die relativ hellhäutig sind und eine schwarze Lockenpracht auf ihren Köpfen über den niedlichen Gesichtern tragen, spazieren zu gehen. Der vierjährige Andy und seine zweijährige Schwester Lisa, sind nicht immer ganz so einfach, obwohl die zwei eigentlich recht brave und liebe Kinder sind. Karin Dlamini lernte vor zehn Jahren ihren Ehemann in Kapstadt bei einem Urlaub kennen und verliebte sich sofort. Zwei Jahre später heiratete sie an ihrem Traumstrand in Kapstadt und ihre engsten Verwandten kamen sogar zur Hochzeit. Damals war Karin Dlamini noch gerstenschlank und trug über ihrem feinen Sommersprossengesicht rotes langes lockiges Haar. Inzwischen ist sie fülliger geworden und trägt eine praktische Kurzhaar-frisur. Ihr Gatte liebt jedes Kilo an ihr und ist immer ganz begeistert von ihrem vollen Dekolleté.

Familie Dlamini entdeckt schließlich die zwei Badegäste am Sandstrand und grüßt sie freundlich, wechselt ein paar Worte und geht weiter ihres Weges, zumal die zwei Kinder sie voran treiben. Nachdem die Familie Dlamini außer Sichtweite war, fühlte sich Omphile Khumalo nicht mehr wohl, so ganz alleine am Sandstrand des Brandfleidams, zumal sie nur ihrem äußerst knappen Bikini trug und Bokamoso Mahlangu neben ihr zwar freundlich lachte, aber mit seinen Augen der jungen Frau ständig auf ihre üppige Oberweite starrte und sie immer wieder von oben bis unten begutachtete, wie ein geiler Bock, der jeden Moment über sie herfallen würde. So empfand sie es jedenfalls.

Schließlich bemerkte Bokamoso Mahlangu die unangenehme Situation für die junge Frau und verabschiedete sich nur mit einem schüchternen aber sehr freundlichen "Goodbye" und lief den Pfad zurück um wieder mit dem Rad zur "Old wine Farm" in sein Zimmer im Arbeiterhaus zu fahren. Auf dem Weg machte sich der entstellte Arbeiter immer wieder Sorgen, denn er wollte nicht, dass die hübsche Omphile Khumalo ihn in schlechter Erinnerung behält oder sich unwohl in seiner Gegenwart fühlt, zumal sie ihm doch so gut gefällt. Ständig hat er das tolle Bild von Omphile Khumalo vor seinen Augen, wie sie im kleinen nassen Bikini aus dem Wasser geht und all ihre Schönheit so klar und deutlich zu sehen war. Er bekam dieses schöne und erotische Bild nicht mehr aus seinem Gedächtnis. So eine wunderschöne Frau wäre sein großer Traum.

Am nächsten Morgen wachte Amogelang Buthelezi in ihrer einfachen Hütte auf und schaute nach ihrer Freundin Omphile. Doch weder ihr Bett war benutzt noch etwas vom Frühstück auf dem Tisch zu finden. Alles war blitzblank wie am gestrigen Abend. Sie schmunzelte und dachte sich, das kleine Luder wird doch nicht etwa ihren Traummann kennengelernt haben und gleich die erste Nacht mit ihm verbringen. Da werde ich ja direkt neidisch und muss womöglich alleine hier in der Hütte wohnen. Sie aß eine Kleinigkeit und nach dem Duschen lief sie zur Hauptstraße in ihren Salon "Barber Shop". Dort empfing sie die ersten Kunden. Bereits auf dem Weg freute sie sich auf ihre Arbeit und die damit verbundenen Einnahmen. Sie lief am roten Containerkiosk "Truck Shop" ihrer Freundin vorbei, der natürlich auch noch geschlossen war. Fluchs öffnete sie ihr Geschäft und schrieb einen großen Zettel, auf dem stand "Heute geschlossen". Diesen klebte sie am Eingang des roten Kiosk an, damit die Stammkunden ihrer Freundin nicht umsonst warten mussten. Dabei schmunzelte sie in sich hinein und stellte sich die wilde Nacht von Omphile Khumalo mit ihrer großen Liebe vor, wie sie sich heiß und innig die ganze Nacht liebten. Ein starker, gutaussehender, muskulöser junger Mann, mit gutem Bildungsstand, z.B. Ingenieur, Anwalt oder sogar ein Doktor der Medizin, der selbstverständlich auch vermögend ist. Bei diesen Gedanken wurde sie ein wenig neidisch, aber sie wird auch ihren Traummann eines Tages finden und gönnt das Glück ihrer besten Freundin von ganzem Herzen.

Auch dieser Tag war so heiß wie der gestrige und als Friseur ist es doppelt so anstrengend mit der Temperatur, denn hier läuft zusätzlich oft der Fön, der noch mehr Wärme abgibt. Aus dem Grund verlagerte Amogelang Buthelezi, bei besonders heißen Tagen, oft die Arbeit vor ihren Friseursalon, denn da ging ein klein wenig Wind und heute konnte sie zudem beobachten, wann ihre beste Freundin von ihrem erotischen Abenteuer zurück zum "Truck Shop" kommt. Sie wollte unbedingt die erste sein, die diese Neuigkeiten erfährt. Bis zum Mittag wartete sie ganz ungeduldig und konnte sich vor lauter Neugier nicht mehr richtig konzentrieren. Das bekamen auch ihre Kunden zu spüren, denen sie mal ein wenig zu viele Haare abschnitt, oder einmal sogar mit der Schere versehentlich in das Ohrläppchen schnitt. Am Nachmittag hielt sie es nicht mehr aus und rief ihre beste Freundin an, auch auf die Gefahr hin, dass sie sie aufweckt.

Omphile Khumalo ging den ganzen Nachmittag und Abend nicht ans Telefon, sie rief ihre Freunde und Nachbarn an, aber keiner wusste wo sie war, oder hatte sie an diesem Tag gesehen.

Am nächsten Morgen war für Amogelang Buthelezi der Spaß vorbei und sie machte sich immer mehr Sorgen, denn ihre Freundin Omphile Khumalo war eigentlich immer zuverlässig und sie weihte sie stets sofort in alles ein, zudem war sie noch nie zwei Nächte unangemeldet weg, nicht mal eine. In ihr kam immer stärker der Gedanke hoch, dass ihrer besten Freundin etwas passiert sein könnte. Vielleicht liegt sie verletzt irgendwo zwischen dem Brandfleidam und dem kleinen Städtchen Alfalfa. Ist vielleicht vom Fahrrad gefallen, oder gestürzt, gar hat ein wildes- oder tollwütiges Tier sie angefallen. Lauter düstere Gedanken schwirrten durch ihren schönen Kopf. Aus diesem Grund schnappte sie ihr Fahrrad und fuhr zur Badestelle, an der sie Omphile das letzte Mal gesehen hatte. Sie strampelte auf die Fahrradpedale wie eine verrückte, so saß ihr die Angst im Nacken. Sie fühlte sich mit schuldig, weil sie ihre beste Freundin an der Badestelle alleine ließ. Immer wieder liefen ihr die Tränen übers Gesicht, denn sie war außer sich vor Angst und Schrecken. Was ist mit Omphile Khumalo? Wo ist sie? Warum finde ich sie nicht ? Warum meldet sie sich nicht bei mir? Ist ihr womöglich etwas furchtbares passiert ? Wo suche ich, um sie zu finden? All diese Fragen schossen ihr immer wieder durch den Kopf, bis dieser anfing zu schmerzen. Sie erreichte den Pfad zur Badestelle und rannte in Windeseile zum See, um dort alle Stellen die sie vorgestern besuchten zu sichten. Am Sandstrand, im Gebüsch, nirgends eine Spur von ihr. Schließlich suchte sie auch noch im Wasser, aber alle Suche war vergebens.

Auf dem Rückweg fuhr sie mit ihrem Fahrrad immer wieder rechts und links des Weges, um zu sehen, ob Omphile Khumalo vielleicht vom Rad stürzte und im Graben oder Gebüsch neben der kleinen Straße, bzw. dem Feldweg, lag.

Bis sie schließlich in ihrer Hütte ankam, war die Verzweiflung so groß, dass sie sofort direkt weiter zur Polizeistation von Alfalfa fuhr, um eine Vermisstenmeldung aufzugeben.

Sie stellte ihr altes Fahrrad, vor der kleinen weißen Polizeistation, mit dem hellgrauen Blechsatteldach und den vergitterten Fenstern und Türen. Anschließend rannte sie hastig ins Gebäude.

Auf der Polizeistation in Alfalfa ist, wie an den meisten Tagen fast nichts los und der sechsundfünfzig jährige Polizeichef Herr Jacobs, der ein gerechter, sozialer und guter Chef ist, denkt in seinem kleinen Büro deshalb oft an seine zwei Kinder und seine liebe Frau. Ab und an stört die gutaussehende Kommissarin Frau Lesedi ihren Chef, die mit ihren sechsundzwanzig Jahren, die beste in ihrem Jahrgang auf der Polizeischule war. Der Chef, Herr Jacobs trägt einen gepflegten grauen kurzgeschnittenen Vollbart und mit seinem kurzen grauen Haar, so wie der hohen freien Stirn ist er genau das Gegenteil zur jungen Frau Lesedi, die volles langes schwarzes glattes Haar trägt und Single ist. Sowohl der Chef, als auch die Kommissarin Frau Lesedi sind schlank und sportlich, so wie man sich einen durchtrainierten Polizisten, der auch aktiv auf der Straße handeln muss, vorstellt. Frau Lesedi ist verantwortungsvoll, ambitioniert und clever, eigentlich genau das Gegenteil zu ihren zwei Polizeikollegen, die üblicherweise die Streifenarbeit übernehmen. Die zwei ledigen acht- und sechsundzwanzigjährigen Brüder Mofokeng sind zwar gute Polizisten, aber doch einfach strukturiert und manchmal kleine Angeber und Draufgänger. Die Brüder Mofokeng sind schlank, sportlich und durchtrainiert, sie legen Wert auf ihr Äußeres. Mit ihren militärischen Kurzhaarschnitten und den Sonnenbrillen könnten sie glatt in jedem Polizeifilm mitspielen. Die Bevölkerung macht sich manchmal ein wenig Lustig, wenn die zwei dunkelhäutigen Südafrikaner in ihrem alten Streifenwagen so aufgedonnert durch die Kleinstadt Streife fahren. Das kleine Team der Polizeistation passt und harmoniert meistens recht gut miteinander, wenn da nicht immer die forsche Kommissarin Lesedi so übereifrig wäre.

Weil die zwei Brüder Mofokeng auf Streife sind, übernimmt die junge Kommissarin die Arbeit an der Rezeption der Polizei.

Das ist eigentlich nicht ihr Job, aber die Kommissarin Frau Lesedi ist ja multifunktional einsetzbar und übernimmt gerne alle Aufgaben, denn Langeweile mag sie nicht. Das passt deshalb sehr gut auf einer so kleinen Polizeistation und ihr Chef ist dafür dankbar.

Die Kommissarin schaut schnell hoch zur Tür, als Amogelang Buthelezi so eilig in die Polizeistation hineinplatzt. Die Kommissarin fragt gleich nach dem Grund für ihre Eile. Noch ganz außer Atem erzählt Amogelang Buthelezi was in den letzten zwei Tagen mit ihrer besten Freundin und Wohnpartnerin Omphile Khumalo geschah.

Die Kommissarin Frau Lesedi kennt natürlich Frau Amogelang Buthelezi, weil sie nur zwei Jahre älter ist und die gleiche Schule zusammen besucht haben. Aus diesem Grund sagt sie ihr, eine Vermisstenanzeige kann nur ein Angehöriger stellen und deshalb muss sie zur Familie der Vermissten. Wenn dann alles so ist wie sie sagt, beginnt die Kommissarin sofort mit der Suche nach der Vermissten.

Weil sich alle gut kennen und die Kommissarin sowieso aktuell nichts zu tun hat, fährt sie mit der besten Freundin der vermissten Person unverzüglich zu deren Eltern.

Die sonst so glückliche Familie Khumalo aus Alfalfa wohnt in ihrer Hütte direkt neben der Tochter und deren Freundin. Die Eltern sind eigentlich sehr lebensfrohe Menschen und haben ihre vier Kinder gut erzogen. Die zwei Erwachsenen haben eine gute Arbeit. Mama Khumalo ist klein und inzwischen auch recht umfangreich geworden, da sie gerne sehr enge Kleidung trägt, sticht jedem als erstes immer ihre große Oberweite ins Auge, aber unverzüglich schaut anschließend jeder auf das freundliche und strahlende Lächeln in ihrem lieben, warmherzigen und mütterlichen Gesicht. Ihr freundlicher Gatte ist schlank und groß gewachsen, er trägt zu seiner traditionellen bunten afrikanischen Kleidung immer eine Glatze. Eigentlich hat er noch Haare auf dem Kopf, aber weil dort schon einige Stellen kahl sind, rasiert er lieber regelmäßig seinen Kopf, denn das sieht seiner Meinung nach besser und gepflegter aus. Zumal seine Frau die Glatze auch schön findet, sind alle mit seiner "Haarpracht" zufrieden. Er ist ein liebevoller Vater und Opa und kümmert sich immer sehr fürsorglich um seine Kinder, ebenso wie um seine liebe Frau. Der älteste Sohn Lubanzi Khumalo ist schon neunundzwanzig Jahre alt und verheiratet mit seiner sechsundzwanzigjährigen Frau Enzokuhle Khumalo. Zusammen haben sie eine hübsche sechsjährige Tochter namens Amahle. Die jungen Eltern und ihre Tochter wohnen im Arbeiterhaus der "Old wine Farm", wo sie beide festangestellte Mitarbeiter sind. Ganz besonders stolz sind die Eltern Khumalo auf ihre hübsche Tochter Omphile Khumalo, weil sie es aus eigener Kraft zur Unternehmerin, mit ihrem "Truck Shop", geschafft hat. Dann sind da noch die zwei Nachzügler von den Eltern der Vermissten Omphile Khumalo. Nämlich das elfjährige Mädchen und der neunjährige Bub, die beide natürlich noch bei ihren Eltern wohnen und brav jeden Tag die Schulbank drücken.

Als das Auto der Kommissarin von Alfalfa vor der einfachen aber ordentlichen Hütte der Familie Khumalo hält und die Kommissarin mit der Freundin Amogelang Buthelezi aussteigt, verfinstern sich die Mienen der Eltern.

Beide halten sich aneinander fest und befürchten schon das schlimmste, denn sie wissen ja bereits von der besten Freundin ihrer Tochter, dass ihre hübsche Omphile schon seit zwei Tagen vermisst wird. Die Eltern sind den Tränen nahe und öffnen die Haustür bevor die Kommissarin anklopft.

Die Kommissarin erläutert ordentlich und ganz formell ihr Anliegen, obwohl sie die Familie auch privat ganz gut kennt. Der Vater Khumalo bittet die Kommissarin und ihre Begleiterin in seine ordentliche Hütte, um dort alles zu besprechen. Freundlich, aber den Tränen nahe bietet er ein Glas Wasser an, das dankend angenommen und von Mama Khumalo schnell, aber mit zitternden Händen serviert wird. Die

Kommissarin Frau Lesedi bleibt ruhig, sachlich und kompetent, so wie sie es in der Polizeischule gelernt hatte. Nimmt alle Aussagen zu Protokoll, lässt anschließend die Eltern Khumalo unterschreiben und fragt nach Aufenthaltsorten, die vielleicht noch nicht geprüft wurden oder ihr eventuell unbekannt sind und vergessen wurden. Den Eltern fällt aber auch nur der Brandfleidam, ihre Hütte, die sie zusammen mit der Freundin bewohnt, der Friseurladen "Barber Shop" und ihr "Truck Shop" in der Hauptstraße, der "Camping lakeside" wo sie manchmal eine Kleinigkeit isst oder schwimmen geht, die "Old wine Farm", auf der ihr Bruder arbeitet und sie den Pool benutzen darf, so wie das Lodge-Hotel "Forest lodge" der Familie Häberle aus Stuttgart ein, das sie so schön findet und hier ebenfalls den Pool ab- und zu benutzen darf. Die Kommissarin bittet alle anwesenden nochmals nachzudenken, ob es vielleicht noch weitere Örtlichkeiten gibt, wo sie sich Omphile Khumalo aufhalten könnte. Hat sie vielleicht einen heimlichen Liebhaber, oder Menschen die ihr etwas Böses wollen, vielleicht Ärger mit irgendwelchen Kunden ihres "Truck Shop", Streitereien mit Personen aus Alfalfa, usw.? Alle schauten sich an, aber keinem fiel etwas wirklich brauchbares ein.

Die Kommissarin lässt sich noch einmal von Amogelang Buthelezi bestätigen, dass die Badestelle am Brandfleidam der letzte Ort war, an dem sie gesehen wurde und nur die zwei Freundinnen dort vor Ort waren, so wie Omphile Khumalo zum Schluss alleine zurück blieb, weil Amogelang Buthelezi einen späten Kunden in ihrem "Barber Shop" hatte. Dann fragte sie die beste Freundin der Vermissten. Ihr habt euch nicht gestritten? Amogelang Buthelezi verneinte dies und brach in Tränen aus, weil sie sich solche Vorwürfe machte, dass sie ihre beste Freundin am See alleine zurückgelassen hatte. Die lieben Eltern Khumalo nahmen die beste Freundin ihrer Tochter in die Arme und trösteten sie, dabei konnten sie ihre Tränen nicht mehr bändigen und ließen ihnen freien Lauf. Die Kommissarin tröstete alle Anwesenden und meinte, vielleicht hat sie sich wirklich nur Hals über Kopf verliebt und genießt das Leben in vollen Zügen. Die Eltern und die Freundin nickten verneinend unter Tränen, denn ihre Tochter würde so etwas nie tun, ohne sich zu melden, weil sie weiß wie stark ihre Familie darunter leiden würde. Kurz vor der Verabschiedung schauen die zwei jüngsten Kinder der Familie Khumalo ins Wohnzimmer und fingen sofort bitterlich an zu weinen, weil sie sehen wie groß der Schmerz ihrer Eltern und der Freundin ist. Als letztes verlangt die Kommissarin noch, wenn jemandem etwas einfällt und wenn es noch so unwichtig erscheint, solle er oder sie dies unverzüglich mitteilen. Auf dem Weg zur Haustür versprach sie den Anwesenden Personen, dass sie sie finden wird.

Danach verließ die Kommissarin das Haus und fuhr mit ihrem Polizeiwagen weg. Ein paar Meter weiter stoppte sie das Dienstauto und ihr schossen die Tränen über ihr schönes, aber nun schmerzverzerrtes Gesicht. Es war auch ihr zu viel und sie musste ihren Gefühlen freien Lauf lassen, auch wenn sie sonst so diszipliniert in ihrem Beruf als Polizistin war. Laut schrie sie in ihrem Dienstwagen: "Ich werde sie finden, ich finde dich". Auf der Polizeiwache lief die junge Kommissarin erst mal zu ihrem Chef, um den Fall zu schildern und ihren Aktionsplan vorzustellen und genehmigen zu lassen. Sie wollte den letzten Ort, an dem die Vermisste gesehen wurde, gründlich untersuchen und auf eventuelle Hinweise achten. Danach den Sandstrand am Brandfleidam und seine nähere Umgebung absuchen, so wie zum nahegelegenen "Camping lakeside" gehen, um dort die Besitzer und Gäste zu befragen, ob jemand die Vermisste in den letzten zwei Tagen gesehen hat. Falls sie dort noch nicht fündig werden würde, will sie nacheinander den Friseurladen "Barber Shop" und den "Truck Shop" in der Hauptstraße nach Hinweisen durchforsten, die "Old wine Farm" auf der ihr Bruder arbeitet, so wie die "Forest lodge" in dem sie ab und zu verkehrt. Ihre erwachsenen Geschwister sind zu befragen und ihre Freunde, so wie die Menschen, die sie zuletzt gesehen haben. Ihre Eltern und ihre beste Freundin Amogelang Buthelezi habe ich bereits schon verhört, die wissen leider überhaupt nichts, befürchten aber das Schlimmste, weil die gesuchte Omphile Khumalo eine anständige und zuverlässige junge Frau ist, die sich stets abmeldet, wenn sie sich etwas länger an einem anderen Ort aufhält. "Chef ist das so okay? Darf ich gleich starten und die Spur aufnehmen?", fragte sie ganz zum Schluss den Polizeichef Herrn Jacobs von Alfalfa.

Der Polizeichef versuchte die junge Kommissarin ein wenig in ihrem Übereifer zu bremsen, er meinte, der See und der Campingplatz ist erst mal genug, dann die Befragung der Verwandten, Freunde, usw. und wenn wir dann noch nicht fündig werden, sollten wir den Rest der vorgestellten Befragung durchführen. Vielleicht hat sie sich doch nur schockverliebt und ist mit einem Lover für ein paar Tage ausgebüchst. Ich hoffe das es nur so ist, denn hier in Alfalfa hatten wir noch nie einen wirklich schlimmeren Fall. Insgeheim dachte der alte Polizeichef etwas gänzlich anderes, denn so eine junge hübsche Frau hat bestimmt viele Verehrer und wer weiß, was für Vögel darunter sind und was sie mit ihr anstellen. Er wollte aber keine voreilige Panik verursachen und möglichst sachlich an die Vermisstenanzeige heran gehen und wünschte sich eine ganz harmlose und einfache Erklärung, zumal er die junge Frau vom "Truck Shop" und dessen liebe Eltern selbst gut kannte. Dazu gab er grünes Licht und seine junge Kommissarin Frau Lesedi startete sofort los. Der alte Polizeichef sagte noch zu der Kommissarin, ich halte hier Stallwache und verlege meinen Arbeitsplatz an die Rezeption der Polizeistation. Aber das hörte die Kommissarin nicht mehr ganz, denn sie lief aus dem Gebäude der Polizei und sprang direkt in ihren Dienstwagen, um an den Sandstrand des Brandfleidams zu fahren.

Kurze Zeit später erreichte sie den Brandfleidam und stieg aus ihrem Polizeiwagen, um durch den Pfad an die Badestelle zu gelangen. Schon auf dem Weg schaute sie sich alles genau an, ebenso etwas später den Sandstrand und die Flachwasserzone des Sees. Es gab absolut nichts Auffälliges zu sehen, weder irgendwelche Anzeichen, die auf einen Unfall oder einen Kampf hinweisen, keine Stoffreste, Blutspuren, abgerissene Nägel oder sonst irgendetwas das ihr weiter helfen könnte. Am liebsten würde sie das Ufer des Sees durch eine Wasserpolizei und Taucher absuchen lassen, aber die gibt es hier in Alfalfa nicht und zudem wäre der große Aufwand vermutlich nicht gerechtfertigt. Sie lief noch ein wenig auf der rechten und linken Seite des Sees entlang, um sicher zu stellen, dass die Vermisste hier ihre Spuren vielleicht hinterlassen hat und sie ein paar Hinweise erhält. In Richtung Campingplatz sah sie zwischen dem Gebüsch auf dem Sand nur kleine Fußabdrücke von Kinderfüßen. Da musste sie schmunzeln und dachte für sich im Stillen, wo die kleinen Knirpse sich überall rumtreiben. Denn der Campingplatz ist ein ganzes Stück weg.

Nach der erfolglosen Inspektion der letzten sicheren Stelle, an dem die Vermisste gesehen wurde, lief die Kommissarin wieder über den Pfad zum Dienstwagen zurück und fuhr zum Campinglatz am Südufer des Sees.

Am "Camping lakeside" angekommen, lief sie direkt in das Verwaltungshaus, denn dort wird sie sicher die Besitzerin Karin Dlamini antreffen. Sie kannte Karin gut und freute sich stets wenn sie sah wie lieb die Deutsche mit Kindern umgehen kann, aber das war eigentlich kein Wunder, schließlich ist sie gelernte Kindergärtnerin. Karin Dlamini ist zudem eine Frau mit großem Herzen, sonst wäre sie das Wagnis nicht eingegangen zu ihrer Liebe Lethabo nach Südafrika auszuwandern und hier ein neues Leben zu starten.

Im Verwaltungsgebäude traf die Kommissarin, wie erwartet, Karin Dlamini und sah ihr eine Minute lang zu, wie sie ganzvertieft an ihrem Schreibtisch saß und sich um den Schriftverkehr des Campingplatzes kümmerte. Die Kommissarin begrüßte sie und Karin Dlamini zuckte vor lauter Schreck zusammen. Frau Dlamini sagte ganz hektisch, "Hast du mich jetzt aber erschreckt", und hielt ihre Hand auf ihren Bauch.

Die Kommissarin sprach mit der Campingplatzbesitzerin und erläuterte das Thema mit der Vermissten Person sehr präzise in ein paar Sätzen. Karin Dlamini fiel sofort ein, dass sie mit ihrem Mann und den zwei Kindern am Seeufer barfuß spazieren waren, denn eines ihrer Kinder holte sich einen Spreißel.

Die Kommissarin lachte und meinte, nun weiß ich auch woher die kleinen Fußabdrücke zwischen den Büschen im Sand herkommen. Karin Dlamini berichtete der Kommissarin, dass sie die äußerst hübsche Omphile Khumalo in ihrem sehr knappen und erotischen Bikini am See im Sand sitzen sah.

Sie unterhielten sich kurz mit ihr und gingen weiter am Ufer entlang, weil ihre zwei kleinen Zwerge es eilig hatten, mal wieder etwas Neues zu entdecken. Omphile Khumalo konnte mit ihrer Figur diesen tollen kleinen Bikini gut tragen, da werde ich immer ganz neidisch auf ihre perfekte Figur, denn ich traue mich mit meiner pummeligen Figur nicht so herumzulaufen, meinte Karin Dlamini und schaute scherzhaft ein wenig betrübt. Die Kommissarin antwortet ihr ebenso ein wenig scherzend, "Dafür hast du ganz andere tolle Qualitäten". Weiterhin fragte sie, ob sonst noch jemand am See war, oder war sie ganz alleine dort. Dann fiel Karin Dlamini ein, dass da doch der Gärtner Bokamoso Mahlangu noch in ihrer Nähe, gewesen war, aber die beiden schauten sich nicht an und saßen schweigend im Sand. Vielleicht kann der dir weiter helfen und weiß noch etwas, wo die junge Frau sich aufhält. Die Kommissarin bedankte sich freundlich für die wichtigen Informationen und machte sich auf den Weg, um den Gatten der Campingplatzchefin Lethabo Dlamini und weitere Gäste des Campingplatzes zu befragen.

Schnell fand sie Lethabo Dlamini auf dem Campingplatz, weil er gerade ein paar Holzpfähle mit einem Vorschlaghammer in den Boden schlug, um den frisch gepflanzten kleinen Akazienbaum daran zu sichern. Die Kommissarin sah ihn dort mit freiem Oberkörper und ein paar Lederhandschuhen. Sie dachte sich, trotz des Alters und dem Familienstress sieht er richtig knackig aus.

Sie lief zu ihm und begrüßte ihn freundlich, fragte ohne viel Smalltalk dasselbe wie zuvor seine Frau. Stellte anschließend fest, dass sich die Aussagen deckten und für sie somit sicher richtig waren. Sie fragte zudem noch, ob die zwei am See auf ihrem Rückweg auch noch dort anwesend waren. Lethabo Dlamini sagte zu ihr, das kann ich nicht sagen, wir liefen auf dem Rückweg nicht am See entlang, sondern auf dem kleinen Weg um den See, weil sich eines der Kinder einen Dorn in den Fuß getreten hatte und von diesem Weg kann man nicht auf die kleine Bucht mit dem schönen Sandstrand schauen. "Habt ihr Fahrräder oder sonst noch etwas gesehen, was vielleicht weiter helfen könnte?", fragte sie. Er verneinte dies. Es gab absolut nichts mehr was uns aufgefallen wäre und falls doch, melden wir uns gerne bei dir. Freundlich bedankte sich die Kommissarin und schrieb ein paar Meter weiter alles in ihr kleines schwarzes Büchlein.

Danach befragte die eifrige Kommissarin noch weiter Mitarbeiter und Gäste auf dem Campinglatz. Leider gab es keine Hinweise die helfen würden, um eine Spur zur vermissten Person zu finden. Aber der Hinweis zum Gärtner von der "Old wine Farm", namens Bokamoso Mahlangu war äußerst wichtig, weil er der aktuell letzte war, der die junge Vermisste Frau gesehen hat. Deshalb machte sie sich direkt auf den Weg zur "Old wine Farm", die nicht weit vom Camping-platz entfernt liegt, einfach Richtung Süden auf der Verbindungsstraße nach Villiersdorp. Die Straße verläuft im Tal zwischen den zwei dicht bewaldeten Berggruppen des Haweqwa- und Riviersonderendreservats.

Unterwegs rief die Kommissarin ihren Chef an, um die Neuigkeiten ihrer Fahndung mitzuteilen. Der alte Polizeichef erinnerte sich sofort an den Gärtner Bokamoso Mahlangu von der "Old wine Farm" und erzählte der jungen Kommissarin, dass der dreißigjährige dürre Mann mit der Hasenscharte ein wenig geistig zurückgeblieben ist und es schon einmal einen Vorfall wegen eines Sexualdelikts gab und er deswegen eine Vorbestrafung erhielt. Herr Jacobs war sich nicht mehr ganz sicher, deshalb schaute er in den Polizeicomputer und fand sofort die Akte des Vorbestraften. Er teilte der jungen Kommissarin am Telefon mit, dass der Gärtner Bokamoso Mahlangu wohl einer jungen attraktiven Südafrikanerin hinterher spioniert hat und diese sexuell belästigte. Aber er kenne diesen armen jungen Mann, der von seiner Familie und vor allem vom Schicksal wegen seiner Hasenscharte sehr hart getroffen wurde. Mit dem Aussehen, der fehlenden Schulbildung, der mangelnden Intelligenz und der armen Herkunft des jungen Mannes ist es sehr schwer eine Frau zu finden. Wer möchte als Frau schon so einen entstellten Partner. Der ist wirklich sehr arm dran. Das Urteil wurde damals nur aufgrund der hartnäckigen und überzeugenden Aussage der Südafrikanerin ausgesprochen, denn Beweise gab es in keiner Hinsicht. Der Polizeichef war der Ansicht, weil dieser Mann geistig so eingeschränkt ist, kann er natürlich leicht manipuliert und eingeschüchtert werden, denn eigentlich kennt er ihn als freundlichen und überaus hilfsbereiten jungen Mann. Ob da wirklich alles mit rechten Dingen zuging! Aber er ist angezählt und muss etwas intensiver verhört werden, schließlich ist er vorbestraft und war der bisher letzte der die vermisste Person gesehen hat. Dazu noch eine äußerst hübsche junge Frau in so einem verführerischen Outfit am Sandstrand des Brandfleidams. So etwas könnte diesen jungen Mann schon erregen und auf manch dumme Gedanken bringen.

Die junge und hübsche Kommissarin Frau Lesedi bedankt sich für die vielen Informationen ihres Vorgesetzten. Sie parkt das Auto auf dem Parkplatz der "Old wine Farm", steigt aus und läuft zum Eingang des wunderschönen Anwesens mit der akkuraten und gepflegten Gartenanlage, so wie den ein-ladenden blauen Pool mit den umlaufend aufgestellten weißen Liegen. Die Farmarbeiter sagen zum Haupthaus der "Old wine Farm" immer, der "Traum in Weiß". Nicht ohne Grund, denn dieses Haus sieht fantastisch aus.

Die Familie Häberle aus Stuttgart betreibt die "Old wine Farm" seit zwölf Jahren und bringen aus ihrer alten Heimat Deutschland sehr viele Kenntnisse über den Weinanbau mit.

Der zweiundvierzigjährige Georg Häberle und seine zwei Jahre jüngere Frau Anna sind nach Südafrika ausgewandert und haben dafür in Stuttgart ihr Weingut verkauft, wo sie einen qualitativ hochwertigen Wein der Sorten Trollinger, Lemberger und Riesling angebaut hatten. Der Weinbauer erhielt für seine Württemberger Spitzenweine sehr viele Auszeichnungen und Preise. Weil der gelernte Weinbauer Georg Häberle und seine Frau, die im Stuttgarter Krankenhaus als gelernte Krankenschwester arbeitete, eine neue Herausforderung suchten und sich vergrößern wollten, war auf der Landkarte hier in Südafrika ihr ideales Ziel, um Spitzenweine zu produzieren. Das Paar ist seit über zwanzig Jahren verheiratet und aus dieser Ehe entstanden zwei niedliche und hübsche Mädchen namens Lina und Pia. Die ältere Tochter Lina ist drei Jahre- und ihre kleinere Schwester gerade mal knapp zwei Jahre alt. Die zwei Wonneproppen bereiten ihren Eltern viel Freude und hier in Südafrika können die Kinder ohne Smog in einer gesunden Umgebung aufwachsen. Der Vater hat die Weinberge mit fünf festangestellten Arbeitern selbst angelegt und aufgebaut. Ebenso wurde das weiße Farmerhaus und das Arbeiterhaus von ihm entworfen und in schwäbischer Präzisionsarbeit selbst gebaut. Herr Häberle ist ein echter "Macher", sein einziges Hobby ist der große hellbraune Rhodesien Ridgeback Rüde "Max", der über fünfzig Kilogramm wiegt und wirklich beeindruckend aussieht. Deshalb haben die Saisonmitarbeiter, die zusätzlich zur Ernte kommen richtig Angst vor diesem Hund. Die festangestellten Mitarbeiter und natürlich die Familie kennt den Hund mit seinen Schlappohren und der dünnen Rute ganz genau, der charakterlich freundlich, gehorsam, treu, ruhig, furchtlos und sehr aufmerksam ist. Aus diesem Grund mögen sie alle diesen Hund und fürchten sich nicht davor, schon garnicht wenn er an der Seite seines Herren spazieren geht. Nur bei ganz Fremden ist der mutige Hunde sehr vorsichtig und würde seine Familie bis auf den Tod verteidigen.

Weil der gebürtige Schwabe Georg Häberle sehr gerne gutes Rindfleisch isst und zum Frühstück auf ein frisches Omelette mit vielen Eiern besteht, hält er auf seinem Land eine kleine Herde Nguni-Rinder und eine Gruppe deutscher Legehühner. Zudem pflanzt seine Frau für den Eigenbedarf der Familie und den festangestellten Arbeitern ein paar kleine Flächen mit vielerlei Gemüse, das sie aus Süddeutschland kennen und gerne essen. Wegen den zwei kleinen Mädchen wurden auch vielerlei Obstbäume in Form einer Streuobstwiese angelegt, die hier in Südafrika prächtig wachsen und gute Erträge einbringen. So gibt es frisches Obst, Eingewecktes, so wie Marmelade das ganze Jahr über. Anna Häberle hat sich zu einer hervorragenden Köchin und Hausfrau entwickelt, die auch noch die Verwaltungsaufgaben der "Old wine Farm" übernommen hat. So kann sich ihr Gatte ganz auf den praktischen Weinbau und die Kellerei kümmern, um die Qualität zu steigern und wie in Süddeutschland Spitzenweine zu produzieren. Weil es hier keine Kantine gibt, kocht Anna Häberle für die Familie und die fünf Festangestellten täglich frisch. Anfangs mochten die afrikanischen Arbeiter ihr süddeutsches Essen nicht sonderlich, inzwischen will aber keiner mehr darauf verzichten, weil es ihnen so gut schmeckt, gesund ist und satt macht.

Gerichte wie Maultaschen, Spätzle mit Soße, Rinderbraten, Schnitzel, Bubenspitzle mit Kraut, rote Wurst, schwäbischer Kartoffelsalat, Zwiebelrostbraten, Bratkartoffel, Linseneintopf, schwäbischer Wurstsalat und allerlei weitere Gerichte kennen die fünf festangestellten Arbeiter der "Old wine Farm" ganz genau und können sogar dessen Namen inzwischen perfekt aussprechen. Es hört sich schon lustig an, wenn die Arbeiter fragen, "When will there be Zwiebelrostbraten again?". Die fünf festangestellten Mitarbeiter sind inzwischen ein gut eingespieltes Team, das aus zwei dunkelhäutigen Paaren und dem Single Bokamoso Mahlangu besteht. Das eine Ehepaar ist Herr Lubanzi Khumalo und seine Frau Enzokuhle. Sie sind neunundzwanzig und sechsundzwanzig Jahre alt und haben eine ganz süße gemeinsame sechsjährige Tochter namens Amahle. Das etwas jüngere, noch kinderlose Ehepaar, ist der Herr Junior Nkosi und seine Frau Melokuhle, die achtundzwanzig und fünfundzwanzig Jahre alt sind. Frau Häberle ihre elf Jahre jüngere Schwester Sybille, die in der Innenstadt von Stuttgart, in einer zwei Zimmer Wohnung wohnt, kommt mindestens einmal im Jahr für ein paar Wochen zu Besuch. Die Herren auf der "Old wine Farm" bekommen dann immer regelrechte Stielaugen, weil sie superschlank ist, Körbchengröße D trägt und langes volles schwarzes gewelltes Haar über ihr hübsches Engelsgesicht auf ihren schönen Körper fällt. Ganz besonders schlimm ist es immer für den Single Bokamoso Mahlangu, der seine Augen nicht mehr von ihr lässt und so fasziniert von ihrem schönen Anblick ist. Sybille ist trotz ihrer großen Oberweite sehr sportlich, spontan, aber leider auch gutgläubig und manchmal etwas naiv. Ihre große Schwester Anna Häberle hat sehr viel von ihrer kleinen Schwester, nur ist ihr Körper etwas gleichmäßiger aufgeteilt, denn sie muss nicht so eine große Masse auf den Rippen tragen und ihr Haar ist kürzer und Braun. Ihr Gatte Georg Häberle hat die Figur eines Mannes vom Land, denn er ist schlank aber kräftig, etwas größer als seine Frau, trägt einen kurz geschnittenen und gepflegten Vollbart, seine Kopfhaare sind nur unwesentlich länger. Gerne trägt er einfache karierte Arbeitshemden und eine Jeans, der Gürtel in der Hose darf nie fehlen. Sein filigranes und schön geschnittenes Gesicht schützt er meistens durch eine Schildmütze vor der afrikanischen Sonne.

Die Familie Häberle ist mit der Familie Schäufele, den Besitzern des Hotels namens "Forest lodge", gut befreundet, weil beide aus Stuttgart kommen, gerne gut essen und trinken, so wie das gemeinsame Hobby mit den Hunden pflegen. Aus diesem Grund sieht man die zwei Familien oft zusammen, mal in dem Hotel oder ein andermal auf dem Weingut. Dann wird gut gegessen und getrunken, die Kinder beider Familien spielen miteinander und die Herren gehen mit den beiden Hunden Gassi. Eine echte Männerfreundschaft.

Die Kommissarin klingelt am Eingang des Wohnhauses, das auch für die Verwaltung des Weingutes der Familie Häberle genutzt wird. Sie unterhält sich kurz und sachlich mit Georg Häberle, der ihr die Tür zuvor öffnete und will mit dem Arbeiter Bokamoso Mahlangu sprechen. Georg Häberle weiß dass sein Arbeiter vorbestraft ist, aber er hatte immer einen guten Eindruck von Bokamoso Mahlangu. Der junge Mann schaut zwar immer ganz extrem den hübschen Frauen nach, aber das macht den sonst so freundlichen, hilfsbereiten, fleißigen und lieben Menschen nicht zum Verbrecher. Er kann das gut beurteilen, denn er sieht ihn ja schließlich täglich bei seiner Arbeit.

Georg Häberle und die Kommissarin laufen auf dem schön angelegten und geschwungenen Weg zum Pool, weil dort Bokamoso Mahlangu gerade mit dem Einpflanzen der neuen Blumen beschäftigt ist. Als Bokamoso Mahlangu die Kommissarin sieht, erschreckt er sich zu Tode und rennt schlagartig wie ein überrasches Tier los und flüchtet über die Grünanlage zu den Weinbergen. Georg Häberle ruft ihm nach, komm zurück, die Kommissarin will dich nur was fragen, du brauchst keine Angst zu haben. Unbeeindruckt rennt der junge Mann hastig, mit versteinerter und verängstigter Miene, weiter in Richtung der Weinberge. Die hübsche und sportliche Kommissarin starten blitzschnell und verfolgt den flüchtenden Bokamoso Mahlangu. Georg Häberle ist ganz überrascht welche Schnelligkeit und Spurtkraft in dem schlanken Körper der Kommissarin steckt. Vor lauter Staunen bringt er kein Wort mehr raus und schaut der hektischen Verfolgungsjagt, zu Fuß, nur noch zu. Die Kommissarin schreit dem Flüchtigen nach, er soll stehen bleiben, sie will ihn nur etwas fragen. Aber Bokamoso Mahlangu hört nicht zu und rennt verzweifelt wie um sein Leben. Ein paar Meter vor den Weinbergen hechtet die Kommissarin auf den Flüchtigen und wirft ihn zu Boden. Blitzschnell zieht sie die Handschellen von ihrem Gürtel und legt sie Bokamoso Mahlangu auf dem Rücken um die Handfesseln beider Arme. Bokamoso Mahlangu fängt an zu weinen und zu wimmern, er wiederholt ein paar Mal, "Ich habe nichts getan". Die Kommissarin schreit ihn an, "Warum läufst du dann weg, wenn du scheinbar nichts getan hast". Sie packt Bokamoso Mahlangu am Arm und schiebt ihn vor sich her bis zum Polizeiwagen, setzt ihn hinten ins Auto und sichert ihn mit einer zweiten Handschelle am Haltegriff über der Tür. "So mein lieber, du rennst mir nicht mehr davon", sagte sie zu ihm.

Wir fahren nun auf die Polizeistation und dort werden wir dich erst mal verhören, dann erfahren wir von dir was du angestellt hast. Bokamoso Mahlangu schwieg und weinte, weil er innerlich spürte das er wiedereinmal verloren hat und womöglich unschuldig eingesperrt wird, warum auch immer. Denn das letzte Mal bei der Polizei und vor dem Gericht glaubte man ihm auch kein Wort, obwohl er ständig die Wahrheit gesagt hatte. Wegen der Südafrikanerin wurde er vorbestraft und hat seitdem den Makel mit sich zu tragen. Alle Leute sind nun der Meinung er sei ein Sexualverbrecher und deshalb meiden ihn alle. Anfangs, nach dem Gerichtsurteil wurde er beschumpfen, bespuckt und einmal sogar von fremden Männern verprügelt. Er fand seinen Frieden auf der "Old wine Farm" bei Herrn Häberle, der ihm glaubte und einstellte, obwohl er vorbestraft war. Nach diesem Vorfall ist er bestimmt seinen Job los und die ganze Quälerei geht von vorne los. Verkrampft weinte er und jammerte vor sich hin und wiederholte leise, "Ich habe nichts angestellt".

Die Kommissarin kündigte über Funk den Vorfall bei Ihrem Chef auf der Polizeistation kurz an und fuhr konzentriert und schweigend weiter.

Auf dem Revier standen die zwei Polizeibrüder Mofokeng schon parat und schoben den verhafteten Bokamoso Mahlangu grob in den Verhörraum. Dort hatte der Polizeichef alles vorbereitet und wartete auf die Kommissarin und den Verhafteten. Das Mikrofon stand auf dem Tisch und das Tonband war zur Aufnahme bereit. Es war für die Polizisten richtig spannend, weil es ein Verhör hier in dem sonst so friedlichen Tal nur äußerst selten gibt.

Bokamoso Mahlangu wurde von den Polizeibrüdern etwas unsanft auf den einfachen hölzernen Verhörstuhl gesetzt und man nahm ihm die Handschellen ab. Der Verhaftete rieb sich die Handfesseln und sackte in sich zusammen. Es war ein äußerst trauriger Anblick, den armen hageren Mann mit seinem, durch die Hasencharte, gezeichneten Gesicht in dem blauen Arbeiteroverall zu sehen. Er wimmerte weiter und weinte sich die Augen aus. All die unschönen Erfahrungen mit der Polizei kamen in ihm hoch und er war vor lauter Elend kurz vor dem Erbrechen.

Der Polizeichef stellte ihm ein Glas Wasser hin, das Bokamoso Mahlangu dankbar annahm und hastig leer trank. Dadurch beruhigte er sich ein wenig und der Magen entspannte sich auch etwas. Anschließend schaltete Herr Jacobs das Tonband an und die Kommissarin Lesedi nannte die Uhrzeit, das Datum und die Teilnehmer im Verhörraum, anschließend las sie dem Verhafteten seine Rechte vor. Sie schilderte sachlich und sehr professionell die Situation der Vermissten Person Omphile Khumalo und des Verhafteten am Brandfleidam. Danach startete sie das Verhör, mit ihren Fragen zu seinem Aufenthalt am See. Bokamoso Mahlangu erzählte mit zittriger Stimme und unter einzelnen Tränen alles ganz genau wie es dort am See war und was sich zugetragen hatte. Sofort folgte die scharfe Frage von der Kommissarin, warum er sich im Gebüsch versteckt hat und die zwei jungen Frauen im Bikini heimlich beobachtete.

Er antwortete, er war fasziniert von ihrem perfekten Körper und ganz besonders erfreute er sich an den üppigen Brüsten der jungen Frauen. Die in ihren knappen und nassen Bikinis deutlich zu erkennen waren und bei jedem Schritt so wunderbar wippten. Er traute sich aber nicht aus seinem Versteck, um sie anzusprechen und den näheren Kontakt zu knüpfen. Denn er musste an die unangenehme Situation am roten Kiosk denken und diese Peinlichkeit wollte er unbedingt vermeiden. Als er sah wie Bokamoso Buthelezi durch den Pfad zum Fahrrad lief und davonfuhr, fasste er seinen ganzen Mut zusammen und lief, nur in seiner roten alten Badehose, über den Pfad zum See. Als Omphile Khumalo ihn entdeckte, drehte sie sich um und fragte ihn gelangweilt, was machst du denn hier? Daraufhin antwortete er, dass er sich ein wenig an diesem wunderschönen Platz erholen und im See erfrischen möchte. Anschließend saßen wir beide auf Distanz und stumm nebeneinander und jeder schaute etwas verlegen in eine andere Richtung. Nach einer Weile hörten wir Stimmen am Seeufer und sahen die ganze Familie Dlamini aus der Richtung des Campingplatzes kommen. Wir grüßten uns und wechselten ein paar Worte, dann lief die vierköpfige Familie weiter, weil die Kinder davonrannten. Nachdem die Familie Dlamini außer Sichtweite war, fühlte ich mich nicht mehr wohl, so ganz alleine am Sandstrand des Brandfleidams, zumal Omphile Khumalo nur ihrem äußerst knappen Bikini trug und ich verlegen wurde und bemerkte, dass für Omphile Khumalo die Situation unangenehm war. Vielleicht auch weil ich sie immer angeschaut habe und die Augen nicht von ihr lassen konnte. Deshalb zog ich es vor zu gehen und verabschiedete mich mit einem freundlichen Goodbye und lief den Pfad zurück um wieder zur "Old wine Farm" in mein Zimmer des Arbeiterhauses zu gelangen. Unter Tränen ergänzte er noch, "Ich habe doch nichts Unrechtes getan, sie ist so schön und ich habe sie nur angeschaut. Ich habe ihr wirklich nichts getan, nicht mal berührt. Da habe ich doch nichts falsch gemacht, oder?" Er wischte sich mit seiner ledrigen Hand die Tränen und den Rotz von seinem Gesicht und sagte nochmals, "Ich habe doch niemand berührt und nur geschaut, das ist doch nicht strafbar. Omphile Khumalo ist so schön, da muss man doch hinschauen". Die Kommissarin Frau Lesedi reichte ihm ein Papiertaschentuch und der Polizeichef füllte das leere Glas, vor Bokamoso Mahlangu, nochmal mit frischem Wasser auf. Er beruhigte sich ein wenig, putzte sich die Nase und trank das Glas Wasser auf einen Zug leer.

Die Kommissarin fragte nochmals, "Du bist gegangen, hast ihr nichts angetan und Omphile Khumalo blieb wirklich alleine am Strand zurück?" Bokamoso Mahlangu nickte und sagte, "Genau so war es". "Kam dir jemand entgegen, hast du weitere Personen auf deinem Weg zur "Old wine Farm" gesehen, oder hat dich jemand gesehen?" "Nein, ich habe niemanden gesehen und mich sah auch keiner", lautete seine Antwort. "Ich stelle hiermit fest, es gibt keine Zeugen, das du auch wirklich gegangen bist", sagte die Kommissarin energisch. Er schaute nervös und verlegen auf den Fußboden und antwortete kurz mit einem Nein.

Anschließend fragte Fr. Lesedi, "Warum bist du dann auf der "Old wine Farm" vor mir davon gerannt?" "Weil ich Angst hatte und ich mich fürchtete, dass ich wieder so behandelt werde wie das letzte Mal vor Gericht und bei der Polizei und mir wieder keiner was glauben wollte", war seine Antwort unter erneuten Tränen.

Der Polizeichef und die Kommissarin verließen den Verhör- raum um sich zu beraten, die Mofokengbrüder blieben im Raum und bewachten Bokamoso Mahlangu, der immer noch ganz geknickt, wie ein Häufchen Elend, auf dem alten hölzernen Stuhl saß. Einer der Brüder sagte zu Bokamoso Mahlangu, "Na bist du wieder geil geworden bei dem Anblick der großen Titten von der scharfen Omphile?" Der zweite Polizist grinste und wollte Bokamoso Mahlangu mit der flachen Hand an den Kopf schlagen und ihn zu einer Antwort zwingen. Schnell zuckte Bokamoso Mahlangu zusammen und hielt schützend seine Hände über den Kopf, dabei antwortete er demütig mit einem leisen und schüchternen Nein.

Nach einer kurzen Diskussion entschied der Polizeichef, dass Bokamoso Mahlangu wieder zur "Old wine Farm" gebracht werden soll, weil es keine ausreichenden Beweise gegen ihn gibt. Die junge Kommissarin, legte noch ein letztes Veto ein, "Aber er ist doch gerade wegen einem Sexualdelikt vorbestraft, das ist doch ziemlich eindeutig und auch sein Verhalten, reicht das nicht aus, um ihn hier zu behalten und einzusperren?" Der Chef antwortete nur mit einem kurzen und unmiss- verständlichen Nein. Damit war die Diskussion abgeschlossen und die Kommissarin fuhr den Verdächtigten wieder zur Farm zurück.

Während der Autofahrt im Polizeiwagen erholte sich der Gärtner Bokamoso Mahlangu ein wenig.

Als die Kommissarin vor der "Old wine Farm" das Auto stoppte und zu Bokamoso Mahlangu sagte, "Du kannst jetzt gehen". Konnte er es kaum glauben, erst beim zweiten Mal der gleichen Aufforderung öffnete er die Wagentür und lief zu seinem Arbeitsplatz zurück. Natürlich kam Georg Häberle sofort angelaufen und fragte Bokamoso Mahlangu was denn los sei und warum er vor der Kommissarin weggerannt ist. Bokamoso Mahlangu erzählte ihm alles, weil er seinem Arbeitgeber vertraute und hoffte, er würde ihn verstehen.

Die Kommissarin stieg aus dem Dienstwagen und lief zu den beiden an den Pool, dabei sah sie auch den Poolboy, der in kurzer grauer Jeans und neuen Turnschuhen, so wie mit freiem Oberkörper gerade den Pool mit einem langen Besen, der an einem Sauger angeschlossen ist, reinigte. Ihr fiel auf, dass der Sonnyboy im Gesicht und am Oberkörper frisch verkratzt war. Deshalb fragte sie neugierig den gut aussehenden, muskulösen und braun gebrannten Poolboy: "Was ist passiert und deutete mit dem Zeigefinger auf die Kratzer?" Dabei grinste sie ein wenig und scherzte, "Es wird doch nicht deine Liebhaberin gewesen sein", und zwinkerte mit einem Auge. Der weiße Poolboy namens Thomas Jones kommt aus England, um genauer zu sein aus London und hat es nirgendwo lange ausgehalten, bis er letztendlich hier in Alfalfa hängen geblieben ist. Er ist der typische Sonnyboy, groß, so richtig sportlich, mit Muskeln bepackt, freundlich, humorvoll, ruhig und sieht mit seinen blonden längeren Haaren gut aus. Mit seinen dreißig Jahren ist er im besten Mannesalter und weil er extrovertiert ist und es ihm leicht fällt mit Menschen in Kontakt zu treten, schätzen das die Damen, bei denen er übrigens immer gut ankommt. Weil er keinen Abschluss besitzt fällt es ihm nicht leicht in einer guten Firma unterzukommen, deshalb machte er sich vor ein paar Jahren hier in Alfalfa selbstständig mit einer ein Mann Firma, die sich auf die Wartungs- und Reinigungsarbeiten von Poolanlagen spezialisiert hat. Er wohnt in einem kleinen einfachen Holzhaus am Ortsrand von Alfalfa, zudem gehört ein Holzschuppen, in dem er seine Arbeitsgeräte und seinen alten schwarzer, verrosteten Pickup abstellt, den er für seine Firma, den "Pool-Service", benötigt. Tief im dichten Wald des Naturreservats Riviersonderend besitzt er eine robuste unscheinbare kleine Holzhütte, die auf einem massiven Betonsockel steht. Thomas Jones steht auf schwarze hübsche und vor allem vollbusige Frauen, unter anderem trainiert er seinen Körper auch aus diesem Grund.

Weil Thomas Jones aber immer größere Muskeln will, greift er auch zu unerlaubten Muskelaufbaupräparaten wie Anabolika, Prohormone, Wachstumshormone, allg. Hormone, Clenbuterol, Ephedrin, Ephedra, Stimulanzien, usw.. Hinter seiner perfekten Fassade hadert er mit seinem Leben und fühlt sich innerlich als Versager, weil er als Poolboy arbeitet und das seiner Meinung nach eigentlich eine Arbeit für ungebildete schwarze Männer in Südafrika ist. Insgeheim hasst er Emporkömmlinge, Neureiche und Besserwisser, er gönnt anderen den Reichtum und Wohlstand nicht, er ist neidisch, regelrecht besessen und der Meinung, dass es ihm stattdessen besser gehen sollte. Aus diesen Gründen raucht er heimlich Joints und nimmt zunehmend Kokain in Form des weißes Pulvers. Er wird immer mehr psychisch krank, was aber keiner bemerkt, weil er sich in seinem Tun und Handeln nach außen perfekt darstellt.

Der Poolboy grinst souverän der Kommissarin zurück und meint, "Schön wäre es, wenn mich so eine wilde Frau ein wenig gekratzt hätte", und zwinkert ihr dabei mit einem Auge zu. "Leider bin ich beim Mountainbike fahren im Wald des Natur-reservats Riviersonderend unachtsam gefahren und vom Pfad abgekommen und stürzte letztendlich in einen Dornenbusch. Aber ist nicht so schlimm."

Die Kommissarin wechselte das Thema und sprach vertraulich und leise mit Georg Häberle, so dass keiner hören konnte, was sie ihm sagte. Sie wollte nämlich, dass er ein Auge auf seinen

Gärtner Bokamoso Mahlangu wirft, denn die Vermisste am See und seine Vorgeschichte können auf einen ganz bösen Verdacht hinauslaufen und wenn es weitere Beweise gibt, oder seine Aussage gelogen wäre, dann hätte das für Bokamoso Mahlangu schwerwiegende Folgen. Anschließend verabschiedete sie sich von allen im Garten und lief zu ihrem Dienstwagen, um noch schnell zum Lodge-Hotel namens "Forest lodge" zu fahren, um dort die letzte Recherche, bezüglich der Vermissten, an diesem Tag durchzuführen. Leider gibt es keine direkte Straße von der "Old wine Farm "zur "Forest lodge", aus diesem Grund muss sie die Straße R43 über den Brandfleidam fahren.

Der blonde, gutaussehende Elektroingenieur Peter Schäufele ist vierundvierzig Jahre alt und war vor Südafrika Manager in einem schwäbischen Großkonzern. Er ist sehr fleißig, strebsam, ordentlich, ehrgeizig, anständig, gut erzogen, geradlinig, sportlich und immer freundlich und gut gelaunt. So wie man sich einen echten Gentleman vorstellen kann. Er macht schon immer sehr viel Sport und war als Schüler und in seiner Jugend im Leichtathletik Sportverein "Salamander Kornwestheim", wo man ihn forderte und in den Leistungskader, mit regelmäßigen Trainingswochen in einem Sportzentrum förderte. Sein Trainer betreute ihn beim Training und fuhr ihn fast jeden Samstag und Sonntag zu nationalen Wettkämpfen in ganz Deutschland. Er war württembergischer Meister im Stabhochsprung und nahm sehr erfolgreich bei den Deutschen Meisterschaften teil. Peter Schäufele trainierte in seiner Jugend zusammen mit dem Olympioniken seines Vereins. Auch im Hochsprung war er recht gut, denn er sprang schon als sechzehnjähriger Schüler über seine eigene Körpergröße von einem Meter neunzig. Sein Trainer war der festen Überzeugung, das dem smarten Peter Schäufele seine sportliche Zukunft im Stabhochsprung liegt und förderte und forderte ihn, wo es ging. Er sah ihn schon bei den nächsten Olympischen Spielen. Leider zog der Vater von Peter Schäufele nicht mit und baute weit entfernt ein Einfamilienhaus. Damit endete die sportliche Karriere von Peter Schäufele, denn mit dem Zug konnte er nicht zum Training fahren und als Schüler, ohne Auto, war es ihm nicht möglich an den drei bis vier Trainingsabende pro Woche teilzunehmen. Damit endete seine Sportkarriere. Trotzdem blieb er dem Sport sein Leben lang treu. Er joggte, fuhr Fahrrad und paddelte gerne mit dem Kajak auf den Flüssen und Seen seiner Heimat. In seinem Beruf war er sehr erfolgreich und konnte, trotz seiner Liebe zu den vielen Reisen und Fernreisen, jede Menge Geld verdienen. In einer Entwicklungsabteilung eines Konzerns startete er seine berufliche Karriere und arbeitete sich zum Manager hoch. Da er ein glückliches Händchen für spekulative Geschäfte hatte, handelte er sehr erfolgreich mit Aktien. So konnte er ein Haus mit über fünfhundert Quadratmeter Wohnfläche bauen und kaufte in seiner Zeit in Deutschland über zehn Eigentumswohnungen. Seine Devise war stets, das Geld so anzulegen, dass es auch langfristig sicher und solide angelegt ist. So strebte er danach, sein Vermögen zu je einem Drittel in Aktien, Bargeld und Immobilien zu investieren. In den letzten Jahren kaufte er zusätzlich Goldbarren, um auch gegen eine etwaige Inflation besser geschützt zu sein. Schon mit siebzehn lernte er seine große Liebe Simone kennen, die zwei Jahre jünger als er ist. Sie sieht mit ihrem langen blonden Haaren, so wie ihrer sportlichen und schlanken Figur sehr gut aus. Sie kommt ebenfalls aus Stuttgart und studierte später Innenarchitektin. Seit achtzehn Jahren ist das hübsche und harmonische Paar verheiratet, beide lieben es die Welt zu entdecken, deshalb reisen sie so oft und viel wie es ihnen zeitlich möglich ist. Aus ihrer glücklichen Ehe entstanden der zwölfjährige Uwe, der wie sein Vater eine schicke Kurzhaarfrisur trägt und ihm wie aus dem Gesicht geschnitten gleicht, so wie die zwei Jahre jüngere Schwester Karin, die auch ein komplettes Ebenbild ihrer attraktiven Mutter ist.

Nach einem Urlaub in Kappstadt verliebte sich die Familie in das schöne Südafrika und verkaufte einen Teil ihrer Immobilien und Aktien, um einen Neustart in dem wunderbaren Land zu wagen. Sehr professionell errichteten die zwei Aussteiger vor vier Jahren ein Lodge-Hotel und nannten es "Forest lodge", weil es so wunderschön am bewaldeten Bergausläufer des Naturreservats Riviersonderend liegt. Die

Anlage, in ihrem typisch afrikanischen Baustil aus Reihen-bungalows und wunderschönen Strohdächern, bietet in ihren dreißig Einheiten viel Platz für Familienurlaub in einer bezaubernden Umgebung, in der auch viele afrikanische Wildtiere zu sehen sind. Das Zentrum der Anlage wird durch einen großen nierenförmigen blauen Pool gebildet, der mit Natursteinen umrandet wurde. Natürlich werden bequeme Liegen für die Gäste bereitgehalten und vom fünfzehnköpfigen afrikanischen Personal täglich verwöhnt. Dazu trägt natürlich auch die Bar, mit einer exzellenten Auswahl an Getränken und der fantastische Service im Spa-Bereich, bei. Anfangs lief die Lodge nicht so richtig, aber durch die gute Betreuung, dem Angebot von Safaritouren, Mountainbike, Wandern und Kanu-fahren, so wie der guten deutschen und afrikanischen Küche setzte sie sich langfristig erfolgreich durch. Inzwischen gibt es viele Stammgäste die mehrfach im Jahr u.a. aus Deutschland anreisen und hier einen schönen Urlaub verbringen. Über diesen Erfolg ist die schwäbische Familie sehr glücklich und genießt die Zeit in dem angenehmen Klima in Südafrika. Peter Schäufele erfüllte sich einen langgehegten Traum und kaufte sich einen prächtigen Dobermann Welpen, den er Fritz taufte. Inzwischen ist der treue Rüde fast drei Jahre alt und wiegt über fünfundvierzig Kilogramm. Der schwarz-braune Hund folgt Peter auf Schritt und Tritt, er ist sportlich, freundlich, sehr aufmerksam, gehorsam, treu, ruhig und furchtlos. So wie man sich einen Hund dieser Rasse vorstellt, ein perfekter Begleiter in Sport und Freizeit, so wie ein Familienhund und guter Wachhund. Die Gäste haben immer ein wenig Respekt, wenn sie den hübschen Rüden mit seinen kupierten Ohren und fehlender Rute zu Anfang sehen, aber das Eis schmilzt nach spätestens ein bis zwei Tagen, weil dieses Tier gut erzogen und sehr freundlich ist. Sonst wäre ein Hund in dieser Größe für ein Hotel auch nicht geeignet. Selbst die kleinen Kinder verlieren schnell die Scheu vor seinem Dobermann.

Es ist schon spät und eigentlich hat die ambitionierte Kommissarin schon lange Feierabend. Aber der Fall interes-siert sie sehr, zumal sie die vermisste Person kennt. Über Funk rief ihr Chef an und meldete sich ab, denn er hat seiner lieben

Frau und den Kindern versprochen heute Abend den Geburtstag seines Sohnes mitzufeiern, zudem erinnerte er sie daran, dass sie schon längst Dienstschluss hat. Sie bedankte sich freundlich bei ihrem Chef und wünschte seinem Sohn alles Gute zum Geburtstag und viel Spaß beim Grillen mit der Familie und den Freunden. Ihr Chef fragte, ob sie auch noch später dazu stoßen würde, sein Sohn und die ganze Familie würde sich freuen. Aber die junge Kommissarin konnte nicht zusagen, denn sie wusste, dass es heute noch sehr spät werden wird.

Als sie im Dunkeln vor der schön beleuchtet "Forest lodge" anhielt, hörte sie schon das Gelächter an der Bar und im Pool, denn die Gäste liebten es zu später Stunde ein erfrischendes Bad im Pool zu nehmen und ein Glas Wein, Bier, Cocktail oder ein Apparativ zu trinken. Noch bevor sie aus dem Polizeiwagen steigen konnte, stand schon Fritz erwartungsvoll vor der Tür ihres Wagens. Das war immer so, wenn sie zur "Forest lodge" kam. Der liebe Hund schaute nach dem Rechten, forderte dann seine Streicheinheiten und lief entspannt zu seinem Besitzer zurück. So wusste die Kommissarin gleich wo sich Peter Schäufele aufhielt, ohne erst umständlich fragen zu müssen. Sie begrüßte freundlich die Gäste und trat unauffällig an die Seite des Besitzers der Lodge, um ihn ungestört sprechen zu können liefen sie in sein Büro. Denn Peter Schäufele war durch seinen Freund Georg Häberle schon bestens von dem Vorfall mit Bokamoso Mahlangu und wegen der Vermissten Omphile Khumalo informiert. Ihm war klar, dass sie sich auch bei ihm informieren will und er zu dem Fall befragt werden würde. Da seine Frau noch im Büro saß, um die letzten Rechnungen für den nächsten Abreisetag zu erstellten, konnte die Kommissarin gleich mit beiden über die Vermisste sprechen und sie gemeinsam befragen.

Die Kommissarin wollte beide professionell und sachlich informieren, da entgegnete ihr Peter Schäufele gleich: "Wir wissen bereits von unseren Freunden von der "Old wine Farm" alles im Detail und sie könne sich diese Arbeit sparen". Das war der Kommissarin ganz recht und so sparte sie Zeit und startete direkt mit der Befragung bezüglich der Vermissten Person Omphile Khumalo. Weder Frau- noch Herr Schäufele konnten etwas zu dieser Anzeige der Vermissten Person beitragen. Nachdem die Kommissarin etwas enttäuscht war, weil einfach kein Weg zur Vermissten führte, fragte sie noch, ob vielleicht einer der Gäste am Brandfleidam war. Spontan fiel Peter Schäufele ein, dass er ein Gast mit dem Kajak zum See an diesem genannten Tag fuhr und ihn am Abend vom Campingplatz wieder abholte und zur Lodge fuhr. Die Kommissarin wollte unbedingt den Gast sprechen und befragen, denn sie hoffte von ihm eventuell etwas zu erfahren. Leider antwortete ihr Simone Schäufele direkt und teilte ihr mit, dass dieser Gast in wenigen Minuten in Frankfurt am Main in Deutschland mit dem Flugzeug landen wird, weil er schon abgereist war und sie alles für seinen Rückflug mit dem Flughafen in Kapstadt klärte. Ganz enttäuscht verabschiedete sich die Polizistin und fuhr mit dem Dienstwagen wieder nach Alfalfa zurück. Da fiel ihr noch die Party des Sohnes ihres Chefs ein und sie dachte sich, da könnte ich ein Bier trinken, eine Kleinigkeit essen und ihm gleich alles berichten. So fuhr sie spontan vor das Haus ihres Chefs und lief direkt zur Gartenparty auf dessen Grundstück.

Ihr Chef Hr. Jacobs begrüßte sie freundlich und bot ihr sogleich ein leckeres Stück gegrilltes Rindersteak und ein Brot auf einem Teller an, zudem ein ganz frisch gezapftes Bier von dem dreißig Liter Fass, das in einer Wanne mit Eis stand, um nicht warm zu werden. Sie gratulierte zuerst seinem Sohn zum Geburtstag und freute sich dann auf das leckere Steak und das frische, kühle Bier, denn sie hatte den ganzen Tag fast nichts getrunken. Danach berichtete die Kommissarin alle Details von ihren Ermittlungen, die nach dem Verhör des total verängstigten Bokamoso Mahlangu auf der Polizeiwache folgten. Der Chef bedauerte, dass nicht mehr herauskam undberuhigte die Kommissarin. Vielleicht ist sie ja doch nur mit einem Lover durchgebrannt und holte ihr noch ein Bier, denn er bemerkte schnell, dass die junge Frau wieder mal nicht an das Trinken dachte und das in der Hitze von Afrika. Herr

Jacobs und Frau Lesedi plauderten anschließend noch und die zwei Polizeikollegen Mofokeng gesellten sich ziemlich angetrunken dazu. Das war wieder typisch für die Brüder Mofokeng, denn wenn es mal was umsonst gab, dann kommen die zwei herzlich gerne und plündern das Buffet und saufen die Getränke leer, da kennen die zwei Junggesellen keine Gnade. Weil Herr Jacobs das schon von den beiden kannte und sie nicht die einzigen waren, die über den Durst getrunken hatten, machte er sich nichts daraus und freute sich insgesamt über die schöne und lustige Geburtsparty, die weit nach Mitternacht ein Ende fand.

Am nächsten Morgen waren die Brüder Mofokeng zwar wie alle anderen pünktlich auf der Wache, Streife durften die Zwei an diesem Vormittag aber nicht fahren, beschloss der Polizeichef.

So saßen die Brüder etwas gelangweilt auf der Wache und trugen ihre Spiegelglassonnenbrillen, so dass man ihre übernächtigten Gesichter kaum erkennen konnte. Zum Glück war nichts los auf der Polizeiwache, dachte sich im Stillen der Chef.

Die Kommissarin fuhr mit dem Dienstwagen und fahndete weiter nach der Vermissten, fragte nochmals die Eltern, die beste Freundin, schaute in dem "Truck Shop" und der einfachen Holzhütte des "Barber Shops" an der Hauptstraße vorbei. In Alfalfa recherchierte sie und holte Informationen von verschiedenen Bürgern und Bewohnern ein, die üblicherweise immer gut über das Geschehen in der Kleinstadt informiert sind. Aber egal wo sie auch war und die Menschen fragte, es gab keine Neuigkeiten zu dem Fall der Vermissten Omphile Khumalo. Sie war verschwunden, wie vom Erdboden verschluckt. Das machte nicht nur die junge Kommissarin nervös, sondern die Eltern und die beste Freundin waren ganz außer sich und konnten vor lauter Leid und Schmerz nicht mehr klar denken. Vor allem der Vermissten ihre Mutter hatte so rot verweinte Augen und ein ganz verzerrtes Gesicht, als hätte sie die ganze Nacht nicht geschlafen und durchgeweint.

Ihre Nerven waren am Ende und sie befürchtete das Schlimmste, sprach es aber vor lauter Angst nicht aus.

Die Kommissarin konnte sie auch nicht trösten, weil sie leider keinerlei Daten, Fakten, oder wenigstens ein paar gute Hinweise hatte, denen sie folgen könnte und sich eventuell alles ganz harmlos aufklären könnte.

Es war zum Verzweifeln, schließlich fuhr die Kommissarin erfolglos und etwas bedrückt zur Polizeistation zurück, um der üblichen Polizeiarbeit auf der Wache nachzugehen. Mal wieder die vertraute Routinearbeit auszuüben tat ihr nach den letzten drei hektischen Tagen ganz gut. Aber richtig konnte sie sich nicht darauf konzentrieren, denn im Hinterkopf war ständig die Vermisste Omphile Khumalo.

Nachdem auf dem Polizeirevier die sonst so übliche Ruhe eingekehrt ist, klingelt plötzlich das Telefon der Kommissarin. Es meldete sich Lethabo Dlamini, der Besitzer des Campingplatzes und teilte ihr ganz verstört und hastig mit, was er erfahren hat. Denn er sollte sich bei der Kommissarin melden, wenn er Neuigkeiten oder Informationen hat, die zur Spur der Vermissten Omphile Khumalo führen könnten, auch wenn diese noch so unbedeutend sein würden. Sie meldete sich freundlich und fragte ihn, "Gibt es was Neues?" Sofort bemerkte sie an seiner Stimmlage und der Hektik, dass etwas passiert ist, dass ihn aus der üblichen Bahn wirft. Er antwortete ihr ganz nervös, zwei Gäste von seinem Campingplatz waren auf dem Brandfleidam im Kanu unterwegs, um in der Nähe des Ufers die wilden Tiere zu beobachten und die schöne Landschaft zu genießen. Dabei fanden sie unweit des Ufers am herrlichen Sandstrand, etwa eineinhalb Meter unterhalb der Wasseroberfläche, eine nackte erwachsene Frauenleiche. Der Haut nach handelt es sich um eine schwarzafrikanische Frau. Sie ist mit dem Gesicht nach unten, an einem dicken Seil um den Bauch befestigt und konnte deshalb nicht nach oben getrieben werden. Die Kommissarin verlor ein wenig die Fassung und schrie in das Telefon. Auf keinen Fall etwas anfassen oder ändern, ich komme sofort zum Tatort, danach warf sie den Hörer in ihr altes Diensttelefon der Polizeiwache.

In wenigen Sätzen berichtete sie alles ihrem Chef auf der Polizeiwache. Dann bekam sie die Anweisung von ihren Vorgesetzten, sofort zum Tatort zu fahren, den Tatort zu sichern und auf den Gerichtsmediziner zu warten. Er kümmert sich um einen Fachmann aus Kapstadt, der den Tatort qualifiziert unter sucht und die Leiche obduziert.

Mit quietschenden Reifen fuhr die Kommissarin zum Campingplatz, dort traf sie sich mit dem Besitzer und gemeinsam fuhren sie mit seinem Motorboot zur Fundstelle. Vom Motorboot aus konnte man nicht sehen wer es genau war, weil das Gesicht zum Grund des Sees zeigte, aber der Verdacht lag in der Luft. Per Funk rief die Kommissarin bei ihrem Chef an und fragte, wann die Spurensuche aus Kapstadt vor Ort eintritt, denn die kleinen Fische fressen schon am Leichnam.

Ihr Polizeichef Jacobs wählte sich, während der Anfahrt der Kommissarin zum Tatort, die Finger wund und all seine jahrelangen guten Beziehungen nach Kapstadt halfen nichts.

Denn keiner konnte in den nächsten vierundzwanzig Stunden eine Truppe von Experten zum Tatort breitstellen. Der Chef aus Alfalfa wusste, dass seine kleine Polizeiwache nicht im Brennpunkt von Kapstadt stand, denn sie wurde schon immer als unbedeutender Außenposten eingestuft. Ihm war aber auch klar, dass die Leiche so schnell wie möglich aus dem Wasser muss, denn wenn die großen Tiere erst einmal die Witterung der Leiche aufgenommen haben, dann gibt es überhaupt keine Obduktion mehr, weil es einfach gesagt keine Leiche mehr gibt, die untersucht werden könnte. Aus diesem Grund beauftragte er den örtlichen Doktor von Alfalfa, um die Polizeiarbeit zu unterstützen und schickte ihn stattdessen zum Tatort.

Etwas beunruhigt teilte der Polizeichef die Situation seiner jungen Kommissarin mit. Sie war ganz außer sich und fragte:

"Was soll denn unser Doktor von Alfalfa herausfinden, er ist doch kein Experte für den Tatort eines Mordes und den Tod braucht er nicht mehr feststellen, das haben wir schon getan."

Aber der Kommissarin war auch die Situation mit den wilden Tieren im See bewusst. Aus diesem Grund startete sie mit der Fotografie des Tatorts und der Registrierung, so wie sie es vor ein paar Jahren in der Polizeischule von Kapstadt gelernt hatte. Aber ihr fehlte natürlich die Routine, Übung und Erfahrung darin, weil dies ihre erste Leiche während ihrer Arbeit als Kommissarin war.

Inzwischen wurde der Doktor aus Alfalfa mit einem kleinen Motorboot herangefahren. Der alte Mann, mit seiner dicken Sehhilfe hielt seine Doktortasche fest und etwas ängstlich in der Hand, ebenso wie er sich mit der anderen Hand am Boot festklammerte. Jeder konnte sofort erkennen, dass dieser dunkelhäutige, dicke Doktor aus Alfalfa mehr mit seiner Sicherheit auf dem Motorboot als mit der Leiche beschäftigt war.

Denn die Angst stand ihm im Gesicht und seine Körperspannung verriet alles. Vermutlich sitzt er das erste Mal in einem Motorboot und kann vielleicht nicht einmal schwimmen. Die Kommissarin besprach sich kurz mit dem Doktor und anschließend sollte die Leiche aus dem Wasser geborgen werden. Sie konnte nicht in das Wasser, denn sie hatte keinen Badeanzug dabei und der Doktor konnte tatsächlich nicht schwimmen, so schauten beide den Campingplatzbesitzer Lethabo Dlamini bittend an. Er verstand sofort, denn er war ein guter Wassersportler. So nahm er ein Messer mit und sprang mit seiner Schnorchelbrille ins Seewasser, schnitt das Seil unter dem Bauch der Leiche durch und mit vereinten Kräften zogen sie die Frau in das größere Motorboot. Für die Dokumentation des Mordes zog Lethabo Dlamini noch das Seil mit dem großen und schweren Naturstein an Bord des Motorbootes. Anschließend stellten alle Beteiligten leider fest, dass es sich um die junge und hübsche Frau Omphile Khumalo handelt, zumal die Leiche noch ganz frisch und gut erhalten war. Der Doktor meinte, die Leiche wurde bestimmt in der Nacht hier im See versenkt. An ihrem Oberkörper waren viele Kratzsputen und im Gesicht zusätzlich ein paar dicke Blutergüsse zu erkennen. Die teilweise abgebrochenen Fingernägel und die vielen Kratzwunden deuteten auf einen Kampf hin. Mehr konnte auf den ersten Blick nicht erkannt werden. Die genaue Ursache des Todes muss noch in meiner Praxis, bzw. in der Leichenhalle von Alfalfa untersucht werden. Dann fuhr das Motorboot zum Campingplatz. Dort warteten schon die Bestatter des Ortes, um die junge Leiche nach Alfalfa zu befördern. Dies hatte der Polizeichef, Herr Jacobs, alles vorab organisiert.

Der Campingplatzbesitzer war froh, dass diesen Mord keiner von seinen Gästen mitbekam, denn in diesem Fall wären bestimmt viele abgereist. Später obduzierte der Doktor, dass tatsächlich die junge hübsche Frau Omphile Khumalo in der letzten Nacht im See versenkt wurde und sie vorher bereits tot war. Es fanden mehrere Kämpfe in den letzten drei Tagen statt, so wie die Blutergüsse und Platzwunden auf ihrem Körper und in ihrem Gesicht zeigen. Zudem sprechen die abgebrochenen Fingernägel auf eine körperliche Auseinandersetzung. Es wurden auch noch im Vaginal- und Analbereich starke Verletzungen festgestellt, die leider auf eine mehrfache, über drei Tage, immer wieder fortlaufende Vergewaltigung hinweisen. Leider sind keine Spermaspuren zu finden, vermutlich hat der Täter Kondome verwendet. Weil die Leiche im Wasser lag, sind keine Blutspuren oder Haare vom Täter zu finden, so dass eine Identifikation über diese Spuren nahezu ausgeschlossen werden kann. Die Todesursache ist ein Kreislaufversagen in der dritten Nacht, die durch Überlastung, Schock und der Gewalt, die immer wieder auf das Opfer ausgeübt wurde. Dies war nun die offizielle Obduktion des Doktors von Alfalfa und dieser Vorgang wurde im Leichenschein und der Polizeiakte, mit den Fotos und Beweismaterialien am Fundort, dokumentiert.

Am späten Abend stand der alte Polizeichef und seine junge hübsche Kommissarin vor der Hütte der Eltern von Omphile Khumalo und klopften vorsichtig an der Eingangstür. Alle Familienmitglieder waren dort versammelt, auch Amogelang Buthelezi befand sich dort, weil sie die Eltern ihrer besten Freundin trösten und vor lauter Angst nicht alleine in ihrer Hütte bleiben wollte. Mit finsterer Miene öffnete der sonst so fröhliche Vater des Opfers die einfache Haustür der Hütte und erschrak sichtlich als er die zwei Polizisten sah. Denn er fühlte, dass dies nichts Gutes bedeuten kann, schon gar nicht zu so später Stunde. Dem Vater Khumalo flossen schlagartig die Tränen aus den Augenwinkeln und sein Gesicht verkrampfte sich und wurde blass, weil er instinktiv spürte, dass ihm und der Familue nun die Nachricht des Todes seiner geliebten Tochter Omphile Khumalo mitgeteilt wird. Die zwei Polizisten traten in die Hütte und Frau Khumalo fiel ohne irgendeine Andeutung ohnmächtig um, denn ihr war anhand der Reaktion ihres Gatten und den Aufwand der Polizei, die sogar mit zwei Personen ankamen klar was geschah.

Ihre geliebte und vom Erfolg so verwöhnte Tochter, die ihren Eltern immer nur Freude schenkte, weil sie so ein braves, liebes und hübsches Mädchen war, ist nun nicht mehr da. Die Mutter wurde auf das einzige Sofa in der Hütte gelegt und ihr Sohn holte ihr einen kühlen nassen Lappen, um diesen auf die Stirn der ohnmächtigen Mutter zu legen.

Vater Khumalo holte eine gute Flasche Schnaps aus der alten hölzernen Vitrine und schenkte allen Erwachsenen davon in die kleinen Schnapsgläser ein, die er zuvor auf den hölzernen Wohnzimmertisch gestellt hatte. Erst nachdem alle ihr Glas mit einem Mal leerten, auch die zwei Polizisten, obwohl Alkohol im Dienst nicht erlaubt ist, wurde die absolute Stille und das Schweigen im Wohnzimmer der Familie Khumalo unterbrochen. Gleichzeitig kam die Mutter Khumalo wieder aus ihrer Ohnmacht und fing bitterlich an zu weinen.

Der Polizeichef Herr Jacobs schaute seine Kollegin an und brach das Schweigen im Raum, denn er als ältester und Polizeichef sah sich in der Pflicht die Familie über das tragische Schicksal bezüglich deren Tochter Omphile Khumalo sachlich, nüchtern und äußerst freundlich zu berichten. Aber er hatte auch ganz feuchte Augen und das Reden fiel ihm schwer und er war innerlich sehr froh, als er es schaffte diese schlechte Nachricht zu übermitteln. Vater Khumalo füllte nochmals die Gläser mit dem guten Schnaps auf und brach damit das Schweigen im sonst so stillen Raum. Alle tranken sofort leer und waren dankbar für das kleine Betäubungsmittel, denn die Nerven aller lagen blank. Der ältere Bruder des Opfers, Lubanzi Khumalo fragte nach der Schilderung des Polizeichefs über die grausame Todesursache seiner kleinen Schwester. Die Kommissarin gab die Antwort und sagte dass der Täter unbekannt ist und es nur einen ersten Verdacht gibt. Fordernd, laut und zornig fragte er wieder, "Wer war dieses Schwein, den bringe ich um". Die Kommissarin wurde ebenfalls etwas lauter und sagte energisch, "Hier wird niemand umgebracht, denn das hilft deiner Schwester nicht mehr. Viel wichtiger ist es den Vergewaltiger und Mörder zu finden, damit er seine Strafe erhält und keiner Frau mehr so etwas antun kann." Es folgte wieder eine Phase des Schweigens und der Tränen. Der Polizeichef bat alle im Raum nochmals nachzudenken und ihm oder der Kommissarin mitzuteilen, wenn jemand etwas Auffälliges sieht oder sonstige Hinweise zur Aufklärung des Mordes einfällt. Er betonte nochmals, keine Alleingänge, nur mit der Polizei gilt es zu handeln. Anschließend verließen die zwei Beamten die Hütte und fuhren in ihre Häuser zurück. Am folgenden Tag wurde die Leiche noch von den Eltern identifiziert und alle sahen sie ein letztes Mal. Der Anblick der vergewaltigten und ermordeten Tochter, Schwester und besten Freundin war für alle ein unerträglicher Zustand, der Zorn stieg in ihnen nach Vergeltung.

Auch nach einer weiteren Woche fand die Polizei, weder eine heiße Spur, noch den Täter. Trotz der intensiven Recherche der hochmotivierten Kommissarin und des Polizeichefs.

Der Leichnam wurde zur Beerdigung freigegeben und die Beisetzung erfolgte auf dem kleinen Friedhof von Alfalfa. Durch die Arbeit von Omphile Khumalo in ihrem "Truck Shop" kannten natürlich sehr viele Bewohner die junge hübsche Frau und kamen, ebenso wie die Verwandten, Freunde und Arbeitgeber, zur großen Beisetzung. Eine Beerdigung in Südafrika ist immer eine ganz große Angelegenheit, dies ist auch eine Sache, die vorbereitet wird, so auch bei Omphile Khumalo. Oft wird keine Kranken- oder Rentenversicherung bezahlt, aber für dir Beerdigung legt man eine Versicherung an und zahlt regelmäßige Beiträge, denn Beerdigungen kosten in Südafrika viel Geld.

Der Reverend, ein christlicher Geistlicher würdigt die Tote und ermahnt die anwesenden Lebenden.

Die Begräbniszeremonie folgt festen Ritualen, die sich unter anderem nach der finanziellen Situation der Familie und der Todesursache richtet. Viele Elemente dieser Zeremonie sind alt und über Generationen überliefert, andere wurden dem modernen Stadtleben von Kapstadt angepasst. Omphile Khumalo wurde in einem speziellen Raum, der außerhalb des Hauses, der "Motnary" für eine Wochen aufgebahrt. Die Familie, die Teilweise aus allen Landesteilen anreist und die Gemeinde haben nun die Gelegenheit sich von der Verstorbenen zu verabschieden. Zu dieser Zeit wird eine Totenwache gehalten und Familienangehörige, Nachbarn und Freunde beten am Sarg von Omphile Khumalo. Ihre Familie Khumalo bewirtet die Gäste und Trauernden mit Tee und speziellem Gebäck.

Die eigentliche Beerdigungsfeier findet am Samstag statt und wird von der Familie ausgerichtet. Am Freitag vor dem großen Ereignis werden üblicherweise Kühe oder Ziegen für das Festessen geschlachtet. Nicht aber bei Omphile Khumalo, weil sie an keinem natürlichen Tod starb. Weil der Glaube besteht, dass dann der Tod noch weitere Familienmitglieder heimsucht. In diesen Fällen kauft man bereits geschlachtete Tiere, hier waren es Hühner. Am Tag der Beisetzung wurde der geschlossene Sarg mit wunderschönen geschmückten bunten Blumen vor der Hütte der Familie Khumalo aufgestellt. Am frühen Morgen findet sich die Familie, die Nachbarn und engsten Freunde ein, die alle ein gedrucktes Programm erhalten.

Es wird gekochter Mais für die Gäste gereicht. Danach wird der Sarg zum Friedhof gebracht und die Trauergäste folgen dem Weg zum Grab.

Auf dem Friedhof spricht der Geistliche der Gemeinde Alfalfa und eröffnet die Zeremonie. Er spricht von der Toten, ihrem Werdegang, dem gutgehenden "Truck Shop", den sie als Selbstständige betrieb und ihrer Stellung in der Gesellschaft, so wie der Familie der Verstorbenen.

Anschließend stimmen die Frauen ihren Gesang an, ihre Art Abschied zu nehmen. Die Männer der Familie und der Gemeinde schließen das Grab, die Frauen werfen noch eine letzte Hand voll Erde darauf. Die Nachbarn und Freunde haben inzwischen im Haus der Verstorbenen das Essen für die Gäste vorbereitet. Vor dem Haus stehen Waschschüsseln, zuerst waschen sich die Familienmitglieder und danach die Gäste die Hände. Damit soll der Tod von den Händen gewaschen werden. Anschließend werden wieder gekochte Maiskörner gereicht, dessen Verzehr soll den Tod fernhalten. Nun beginnt der Leichenschmaus, bei dem alle Gäste, bewirtet werden. Wie bei allen Festen essen die Männer und Frauen getrennt. Die Familie sitzt in der Hütte, die Frauen in der Stube, die Männer in der Küche der Familie Khumalo. Das gemeinsame Mahl, bei dem keine alkoholischen Getränke gereicht werden, beendet den ersten Teil der Begräbniszeremonie. Anschließend beginnt der zweite Teil, der sogenannte "aftertears", "der nach den Tränen" genannt wird. Ein letztes Fest wird nun zu Ehren von Omphile Khumalo gegeben. Dazu laufen alle Gäste, Freunde und Familienmitglieder zum nahe gelegenen Festraum, um fröhlich beisammen zu sein und reichlich Umgqombothi (traditionelles Bier) zu trinken und mit Musik/Tanz zu feiern.

Dabei wird Omphile Khumalo ein letztes Mal im spirituellen Sinne mit den Lebenden zusammen sein und geehrt. Nun kann sie ins große Reich der Ahnen eintreten und dort im Sinne der Hinterbliebenen zu wirken.

Mitten im "aftertears" entdeckt der größere Bruder Lubanzi Khumalo der verstorbenen Omphile Khumalo den Gärtner Bokamoso Mahlangu von der "Old wine Farm". Er rennt ihm nach und verfolgt ihn. Fünfzig Meter von der Festgemeinschaft entfernt bekommt er ihn zu schnappen, wirft ihn zu Boden und schlägt mit den Fäusten auf ihn ein.

Zornig schreit er, "Du hast meine Schwester vergewaltigt und ermordet, du Schwein. Ich bring dich um, dafür wirst du büßen. Ich mach dich kalt." Bokamoso Mahlangu wehrt die Fausthiebe so gut es geht ab, dennoch bekommt er ein paar richtig heftige Schläge zu spüren und die Haut platzt auf und das Blut rinnt über sein Gesicht. Viele der Gäste stehen inzwischen um die zwei Kämpfer und feuern sogar noch Lubanzi Khumalo an.

Die Polizeibrüder Mofokeng erkannten sofort den Zwischenfall und schoben sich durch die Menschenmenge, um der Schlägerei ein Ende zu bereiten. Sie trennten die zwei und im selben Augenblick stand die Kommissarin neben der ganzen Truppe und hielt Lubanzi Khumalo eine Standpauke. "Wie kannst du es wagen auf dem "aftertears" eine Schlägerei anzufangen und auf unschuldige Menschen zu schlagen. Es gibt keinen Beweis, dass Bokamoso Mahlangu der Vergewaltiger und Mörder ist. Außerdem habe ich dir schon einmal gesagt, Gewalt ist keine Lösung. Wenn das noch einmal vorkommt, dann verhafte ich dich und du kommst ins Gefängnis. Also achte in der Zukunft besser darauf, was du machst und ob dies gerechtfertigt ist." Die Brüder Mofokeng halfen dem verprügelten Bokamoso Mahlangu wieder auf die Beine und eine Festteilnehmerin wischte ihm, mit einem Taschentuch, das Blut aus dem geschwollenen Gesicht. Ein paar Minuten später löste sich der Menschenpulk auf und das Fest "aftertears" ging fröhlich mit viel Tanz und Musik weiter, nur der Bruder der verstorbenen haderte mit sich und überlegte was er da angestellt hatte. Eigentlich ist er ein guter, netter und freundlicher Familienvater und Gatte.

Das Leben in Alfalfa geht seinen normalen Gang, auch drei Monate später gab es glücklicherweise keinen zweiten Zwischenfall und allmählich verblasst der Vorfall. Es ist gut so, denn die Menschen in der Stadt und dessen Umgebung benötigen für ihr Seelenheil diese Normalität, denn ständig mit der Angst zu leben und im Unterbewusstsein verarbeiten zu müssen, "Ich bin das nächste Opfer" macht die Menschen auf Dauer krank.

Nur die Familie Khumalo aus Alfalfa hat ihren Schmerz und den Verlust der geliebten Tochter und Schwester noch nicht verarbeitet. Selbst die beste Freundin Amogelang Buthelezi des Mordopfers hat ständig Angst und traut sich nicht mehr an den Brandfleidam zum Schwimmen, weil ihr der Vorfall nicht mehr aus dem Kopf geht und sie sich immer noch Vorwürfe macht, weil sie an dem gesagten Abend nicht mit Ihrer besten Freundin gemeinsam vom Brandfleidam nach Alfalfa mit dem Fahrrad zurückgefahren ist.

Sie gibt sich die Schuld des Mordes, denn sie hätte ihn verhindern können, wäre sie nicht vorzeitig zurück zum Ort gefahren. Das sind ihre ständigen Gedanken und Begleiter am Tag, aber auch in der Nacht, denn sie bekommt Albträume von dem Mord und wacht oft schweißgebadet in ihrem Bett auf. Sie sieht immer den Strand vom Brandfleidam und den ver-gewaltigten und geschundenen Körper ihrer besten Freundin, das holt sie immer aus dem Schlaf. Dann macht sie sich ganz klein und versteckt sich unter ihrer Bettdecke, doch meistens kann sie nach so einem Albtraum nicht mehr einschlafen undverharrt so die ganze Nacht. Mit den ersten Sonnenstrahlen des Tages traut sie sich aus ihrem Versteck im Bett. Dann bekommt sie fürchterliche Magenschmerzen, weil ihr die Angst in den Knochen steckt und sie viel zu wenig Schlaf hatte. So geht es ihr schon wochenlang und es wird einfach nicht besser, deshalb machen sich ihre Freunde schon ernsthafte Sorgen. Auch Mutter Khumalo kümmert sich um die junge Frau, denn Amogelang Buthelezi isst täglich bei ihr und beide versuchen ihren Schmerz über den Verlust gemeinsam zu lindern. Oft weinen beide dann in der Hütte von Mutter Khumalo und nehmen sich in den Arm. Für die Mutter der Verstorbenen ist dies zwar eine doppelte Belastung, aber es hilft ihr auch ihre eigene Trauer und den Schmerz ihrer verlorenen Tochter zu verarbeiten. Meistens kann sich Amogelang Buthelezi aufraffen, um in ihren Friseurladen "Barber Shop" arbeiten zu gehen. Wenn sie in ihrer Arbeit mit den Kunden so vertieft ist, dann vergisst sie die schreckliche Sache mit dem Mord, deshalb arbeitet sie oft viel länger als ihr gut tut.

Die Kommissarin recherchierte noch viele Wochen wegen dem Mordfall, konnte aber keine heiße Spur finden und deshalb fühlte sie sich auch nicht gut. Denn ihre große Angst lag darin begründet, dass der Täter, und es kann nur ein Mann sein, hier eventuell immer noch unter ihnen lebt und eventuell wieder zuschlagen wird. Manchmal denkt sie aber auch, dass es eventuell ein Fremder war und der schon längst weitergezogen ist. Dann fand sie zwar den Mörder nicht, aber die Menschen hier wären wieder sicher.

Der Polizeichef Jacobs ärgerte sich über die Polizeizentrale in Kapstadt, die ihn und sein kleines Polizeirevier so im Stich ließen. Er und sein Team hatten all die Jahrzehnte nie Verstärkung aus Kapstadt angefordert, sie arbeiteten immer eigenständig und machten einen guten Job, nur dieses eine Mal bat er um Hilfe und die wurde so einfach abgelehnt. Das nervte und bewegte den alten Polizeichef in Alfalfa.

Der Besitzer des Campingplatzes "Camping lakeside" Lethabo Dlamini und seine Frau Karin machten sich große Sorgen um die Zukunft und ihre Existenzgrundlage, nämlich den Einnahmen des Campingplatzes durch die Gäste aus aller Welt. Wer möchte schon gerne an einen See seinen Urlaub verbringen und schwimmen gehen, in dem eine vergewaltigte und ermordete Frau gefunden wurde. Die erste Zeit nach dem Mord blieben die Gäste tatsächlich aus, weil sie den grausamen Mord in der Zeitung gelesen hatten und die Besucher deshalb zurückgeschreckt wurden. Inzwischen steigen die Übernachtungszahlen wieder und ein Stück Normalität kehrt zurück.

Den Besitzern der "Forest lodge" erging es ähnlich, weil sie aber nicht am Brandfleidam ihre Lodge stehen hatten, traf es sie nicht ganz so hart und die Gäste aus aller Welt buchen wieder ganz normal.

Dem schwäbischen Winzer Georg Häberle und seine Frau Anna von der "Old wine Farm" traf es hingegen überhaupt nicht. Im Gegenteil, sie verkauften noch mehr Wein als je zuvor, weil viele Bewohner der Kleinstadt Alfalfa ihren Kummer über den Mord scheinbar wegtrinken wollten. Oder kamen die Bewohner langsam auf den guten Geschmack des Weines von der "Old wine Farm"? Sein Gärtner Bokamoso Mahlangu wurde seit dem Vorfall auf der Beerdigung nicht mehr belästigt und er konnte seiner Arbeit nachgehen. Aber das gute Verhältnis zu seinem Chef war getrübt und nicht mehr ganz so gut wie vor dem Mord. Bokamoso Mahlangu spürte auch, dass sein Arbeitgeber Georg Häberle ihn ständig heimlich beobachtete, worüber er sich nicht freute, denn das Misstrauen seines Chefs nagte an ihm und machte ihn unglücklich. Weil er mit der Vergewaltigung und dem Mord nichts zu tun hatte.

Weil der Gärtner Bokamoso Mahlangu diese kontinuierliche Überwachung nicht ertragen kann, verschwindet er in seiner Freizeit gerne in das nahe gelegenen Haweqwa Naturreservat. Er bindet sich ein Tuch um oder nimmt einen kleinen Korb mit, um im dichten Wald des Haweqwa Naturreservat Pilze zu sammeln, die er zuhause säubert und sie mit den frischen Hühnereiern von der "Old wine Farm", von der Chefin Anna Häberle, zubereiten lässt. Das macht ihm Spaß und er bekommt den Kopf frei von der für ihn negativen Zeit um die Vergewaltigung und den Mord, so wie den damit für ihn verbundenen Unannehmlichkeiten. Seine Kollegen von der "Old wine Farm" und dessen Besitzer freuen sich sehr über die Abwechslung des Speiseplans durch die leckeren Pilzomelette.

Inzwischen kocht Frau Anna Häberle auch sehr würzige Pilzsuppen oder Pilzragout und weitere leckere Gerichte aus den Schätzen des Waldes, die Bokamoso Mahlangu regelmäßig von seinen Spaziergängen im Haweqwa Naturreservat mitbringt. Im Haweqwa Naturreservat begegnet er relativ regelmäßig dem Ranger und Wildhüter Tom, der nach dem rechten in seinem Wald schaut und ab und zu auch geführte Touren mit Schulklassen oder Gästen durch sein Naturreservat führt.

Der kräftige und drahtige weiße Ranger Tom ist um die fünfzig Jahre alt, trägt einen langen grauen Vollbart der weit über seine Brust fällt. Zu seiner meist grünen oder braunen Rangerkleidung trägt er einen grün-grauen Safarihut mit einem breiten Rand, der für Schatten sorgt, aber auch bei Regen seinen Kopf vor den nassen Tropfen schützt. Sein lichtes graues Haar ist meistens, durch den Safarihut, kaum zu sehen. Weil der Ranger zudem sehr groß ist, haben vor allem die kleinen Kinder der Schulklassen oder der Kindergärten anfangs immer großen Respekt, um nicht zu sagen ein wenig Angst vor ihm. Das legt sich aber schnell durch seine ruhige und sehr angenehme Art, zumal er mit Kindern sehr gut kann.

Ranger Tom gibt Bokamoso Mahlangu oft gute Tipps, wo aktuell die besten Pilze zu finden sind. Dadurch kommen sich die zwei Männer näher und verstehen sich hervorragend. Einmal brachte Bokamoso Mahlangu sogar eine besonders gute Flasche Wein vom besten Jahrgang der "Old wine Farm" mit, weil er sich für die guten Tipps bei ihm bedanken wollte. Das freute den Ranger Tom sehr, zumal er gerne Wein trinkt.

Weil die hübsche Amogelang Buthelezi so viel in ihrem Friseurladen "Barber Shop" zu tun hatte und nicht alle Termine rechtzeitig abarbeiten konnte, verlegte sie den Termin mit Bokamoso Mahlangu auf einundzwanzig Uhr. Der Gärtner von der "Old wine Farm" kam pünktlich und mit bester Laune, denn das Haareschneiden war immer ein schöner und angenehmer Termin. Er war an diesem Abend der letzte Gast und sah noch kurz die Kundin vor ihm. Dann durfte er sich auf den bequemen Stuhl setzten und nach hinten lehnen, damit seine Haare gründlich gewaschen werden konnten. Erst wurden seine Haare behutsam gespült, dann schamponiert und zum Schluss das Shampoo ausgewaschen. Die zarten Berührungen der jungen hübschen Frau genoss er immer ganz besonders. Nach dem Abtrocknen bekam er einen Umhang um den Hals gebunden und schon arbeitete die fleißige Friseuse weiter mit dem Kamm und der Schere an seinen Haaren.

Dabei bückte sie sich immer wieder mal und Bokamoso Mahlangu konnte von Zeit zu Zeit einen Blick in den weiten Ausschnitt ihres prallen Dekolleté werfen. Das gefiel dem jungen Mann natürlich und er schaute ganz ungeniert und sehr direkt auf ihren schönen Körper. Die Friseurin fasste ihn immer wieder mal mit den Händen an den Kopf, um seine Haare in die richtige Richtung zu schieben. Bokamoso Mahlangu konnte sich vor den, aus seiner Sicht erotischen Gefühlen, kaum noch beherrschen und in seiner Hose fing an sich etwas zu regen. Als die Haare fertig geschnitten und geföhnt waren, bezahlte er und riss seinen ganzen Mut zusammen, um zu fragen, ob die Friseurin eventuell ein Bier mit ihm trinken gehen würde. Sie fragte warum. Ganz geniert antwortete er, weil du mir so gut gefällst. Die junge und hübsche Frau Amogelang Buthelezi grinste ein wenig und sagte freundlich, nein danke. Daraufhin wurde Bokamoso Mahlangu rot im Gesicht und rannte schlagartig aus dem Laden.

Es ist zweiundzwanzig Uhr und Amogelang Buthelezi war immer noch nicht zum Abendessen bei der Familie Khumalo erschienen. Aus diesem Grund lief Mama Khumalo zum "Barber Shop" an die Hauptstraße und wollte nachsehen und fragen wann Amogelang zum Abendessen kommt, weil sie ins Bett wollte. Mutter Khumalo sah die offene Tür am "Barber Shop" und schaute innen nach der jungen Frau. Weil sie aber niemand sah, schloss sie den Laden und lief zur Hütte von Amogelang Buthelezi. Diese war auch verschlossen und alles dunkel. Deshalb klopfte sie nochmal kräftig, aber nichts rührte sich. Daraufhin lief Mutter Khumalo nachhause und erzählte ihrem wartenden Gatten, dass Amogelang Buthelezi das Abendessen wohl vergessen hat. Die jungen Leute halt. Beide gingen zu Bett und machten das Licht aus.

Seit der Vergewaltigung und dem Mord an Omphile Khumalo geht die hübsche Amogelang Buthelezi täglich zu den Eltern ihrer besten Freundin, weil sie nicht alleine sein will und nimmt dort ihre Mahlzeiten ein. Mutter Khumalo freut sich immer über die Gesellschaft der jungen hübschen Frau und das bisschen Essen fällt in so einem großen Haushalt sowieso ab, denn Omphile Khumalo isst wie ein Spatz, weil sie ihre tolle Figur erhalten will. Mutter Khumalo ertappt sich des Öfteren, wie sie an sich hinunterschaut und ihre Figur mit der der jungen Frau vergleicht. Dann grinst sie in sich hinein und freut sich daran, dass ihre runde, füllige Figur und vor allem ihre großen Busen so gut bei ihrem Gatten ankommen. Und das ist aus ihrer Sicht das allerwichtigste. Wenn ihr Gatte so zufrieden und glücklich mit ihrer Fülle ist, dann darf auch sie sich wohl fühlen.

Das Paar Khumalo ist sowieso sehr harmonisch und geht liebevoll miteinander um, sie lachen gerne gemeinsam und freuen sich des Lebens. Seit dem Tod ihrer ältesten Tochter ist aber alles immer noch getrübt und der Schmerz des Verlustes will einfach nicht so recht weichen.

Am nächsten Morgen kommt Amogelang Buthelezi nicht, wie in den letzten Monaten, zum Frühstück. Die Eltern Khumalo wundern sich, aber sie wissen auch wie unzuverlässig junge Menschen in dem Alter oftmals sind. Frau Khumalo lacht ein wenig und schaut ihren Gatten liebevoll an, vielleicht hat sie ihren reichen hübschen und intelligenten Traummann gefunden und verbrachte eine schöne und heiße Nacht mit ihm. Ihr Gatte grinste freudig zurück und meinte, so wie bei uns letzte Nacht.

Dann gab sie ihm einen dicken Kuss auf den Mund und sagte scharmant und etwas lüstern, "Ja so meinte ich das." Frau Khumalo verabschiedete ihren Gatten, der gerade zur Arbeit geht und im gleichen Moment kommen, ganz verschlafen, ihre zwei Nachzügler in die Küche um etwas zu Frühstücken. Die gute Mutter bereitet liebevoll und schnell das kleine Frühstück für die zwei Schulkinder vor, stellt es auf den alten Tisch und solange die hungrigen Mäuler am Essen sind, macht sie das Pausenessen für die Schule. Nachdem die Kinder auch aus dem Haus, unterwegs zur Schule sind, wird Mutter Khumalo doch neugierig und geht leise zur Nachbarhütte, um bei Amogelang Buthelezi anzuklopfen. Hier ist alles dunkel und verschlossen und die junge Frau Amogelang Buthelezi meldet sich nicht. Mutter Khumalo geht in ihre Hütte zurück und macht ihren Haushalt weiter. Dabei denkt sie an die schöne und erotische letzte Nacht mit ihrem Gatten und erinnert sich an die heiße verliebte Zeit vor ihrer Ehe. So ein Liebesglück wie sie hatte, wünschte sie auch der besten Freundin ihrer verstorbenen Tochter.

In der Hauptstraße von Alfalfa bildet sich langsam eine kleine Warteschlange vor dem "Barber Shop" mit ungeduldigen Kundinnen, die bei Amogelang Buthelezi im Friseursalon einen Termin haben und nicht bedient werden. Weil scheinbar die Chefin des Friseurgeschäftes verschlafen hat. Eine der wartenden und inzwischen erbosten Kundinnen geht zur Wohnhütte von Amogelang Buthelezi, um sie aufzuwecken. Musste dann aber feststellen, dass sie nicht Zuhause war. Deshalb klopfte sie an der Hütte von Frau Khumalo, die schnell zur Tür ging und neugierig war, wer bei ihr anklopft. Nach kurzer Begrüßung war beiden klar, dass die junge Frau ihre Kundinnen am Friseursalon versetzt hatte. Frau Khumalo schrieb ein Blatt Papier, das der Friseurladen vorübergehend geschlossen ist und bat der Kundin diesen an die Tür des Friseurgeschäfts zu kleben. Damit wurde verhindert, dass weitere Kunden unnötig vor dem Laden stehen und warten. Verärgert waren die Kunden trotzdem, weil die Frauen oft wichtige Termine hatten, wie Vorstellungsgespräche, Familien-feiern, Hochzeiten, Beerdigungen, erste Verabredungen, usw.

und da musste man natürlich gut aussehen und das fängt bei den schön gerichteten Haaren an.

Die junge und hübsche Frau Amogelang Buthelezi erschien den ganzen Tag und die folgende Nacht weder in ihrer Hütte, im Friseurgeschäft "Barber Shop", noch bei Familie Khumalo.

Nun machte sich Familie Khumalo doch langsam etwas ernstere Sorgen, denn die junge Amogelang Buthelezi war auch so hübsch wie ihre eigene große Tochter und diese wurde auch auf einmal vermisst. Deshalb rief sie die Kommissarin an und meldete alles was sie über Amogelang Buthelezi wusste. Weil Amogelang Buthelezi keine Verwandten mehr hat, erstattete die Kommissarin mit Hilfe von Frau Khumalo die Vermisstenanzeige, denn sie wollte keine Zeit verlieren, weil ihr der ungeklärte Vorfall mit der vergewaltigten und ermordeten noch sehr frisch in Erinnerung lag. Die Kommissarin fuhr zur Familie Khumalo und prüfte auf dem Weg schon den "Barber Shop" und die Hütte der Vermissten Person. Zusammen mit Frau Khumalo ging sie die Anzeige durch und beide unterschrieben das Dokument. Die junge Kommissarin hatte schon das schlimmste vor Augen, vielleicht sah sie aber auch nur schwarz wegen dem letzten Fall der Vermisstenanzeige. Aber ihr war klar, dass es hier sehr viele Parallelen gibt, denn die nun Vermisste Frau Amogelang Buthelezi ist ebenfalls sehr hübsch, Single, im gleichen Alter, schlank und hat eine extrem erotische Ausstrahlung mit ihrer üppigen Oberweite, zudem ist sie auch eine erfolgreiche selbstständige Unternehmerin. Da gibt es viele Gemeinsamkeiten und sie hoffte im Stillen, dass dies nicht wahr sein darf und es kein Serienkiller in der Stadt gibt. Natürlich blieb sie auch hier ruhig, sachlich und verbreitete keine Unsicherheit in der Gegenwart von Frau Khumalo. Im Gegenteil, um keine Angst zu schüren scherzte sie ein wenig und meinte nur, sicherlich hat sie nur vergessen sich abzumelden und kauft für ihren Friseursalon "Barber Shop" nur Produkte in Kapstadt ein, was sie sonst auch alle zwei Wochen unternimmt, um den Laden am Laufen zu halten. "Trotzdem werde ich mich umschauen und wenn ihnen Frau Khumalo, oder ihrer Familie etwas auffällt, dann rufen sie mich bitte unverzüglich an." Sie verabschiedeten sich und die Kommissarin fuhr zur Polizeistation zurück. Kaum war die Kommissarin in der Polizeiwache, schon stürmte sie das Büro ihres Chefs, um ihm alles ganz genau zu berichten. Der Polizeichef Hr. Jacobs hörte sehr aufmerksam und konzentriert zu. Er befürchtete leider auch, dass wir es hier mit einem Serienmörder zu tun haben, denn es gab hier noch nie einen Mord und in den letzten drei Monaten eine Vergewaltigung mit Mord und jetzt schon wieder eine Vermisste, die in fast allen Punkten dem ersten Opfer gleicht, das ist bestimmt kein Zufall. Bitte leiten sie alles ein, um die neue vermisste Person zu finden, damit wir das schlimmste verhindern können und den eventuellen Serienmörder rechtzeitig vor der Tat schnappen. Bitte halten sie mich auf dem Laufenden und keine Panik unter der Bevölkerung. Unsere Recherche muss möglichst unauffällig von statten gehen, nicht dass die Bevölkerung von dieser Stadt selbst auf die Suche geht und den Verbrecher sucht, um Selbstjustiz auszuüben. Der Zorn der Bevölkerung war nach dem letzten Vorfall schon groß genug und wir wollen niemanden zusätzlich reizen. Falls es ein Serienmörder sein sollte, dann haben wir max. drei Tage und Nächte Zeit, wenn der Täter wieder zuerst sein Opfer mehrfach vergewaltigt, quält und ganz zum Schluss umbringt. Wir müssen schneller sein, binden sie notfalls die Brüder Mofokeng mit ein, aber machen sie ihnen klar, dass unauffällig gesucht wird. Alles klar Chef, war ihre knappe und klare Antwort, bevor sie ging. Die Kommissarin informierte die Brüder Mofokeng über das wesentliche, vor allem die Vertraulichkeit und unauffällige Recherche der Polizei. Die Brüder hielten die Augen offen und fragten ihre üblichen Informanten in der Stadt nach der jungen vermissten Frau Amogelang Buthelezi, vor allem wer sie wann das letzte Mal gesehen hat.

Frau Lesedi fuhr als erstes nochmals zum "Barber Shop", um zu sehen, wer ihr letzter Kunde war, denn sie wusste aus eigener Erfahrung, dass Amogelang Buthelezi immer die Termine in ihren Terminkalender per Hand eintrug, damit sie keinen Kunden vergessen konnte. Vor Ort entdeckte sie sofort den Kalender auf ihrem kleinen Holztisch. Der Terminkalender war vom frühen Morgen bis zum späten Abend ohne Pause gefüllt. Der letzte Gast war der Gärtner Bokamoso Mahlangu von der "Old wine Farm" um einundzwanzig Uhr.

In der Kommissarin ihrem Körper stieg Wut und Zorn aus ihrem innersten empor, denn der letzte Kontakt war schon wieder der vorbestrafte Bokamoso Mahlangu, genauso wie bei dem Mord von Omphile Khumalo. Wenn das kein Zufall ist. Bokamoso Mahlangu schaut die Frauen immer so geil und direkt an, dabei fixiert er vor allem immer die Brüste und den Po, das passt so richtig zu einem Sexualtäter und Mörder, dachte sie sich. Die Kommissarin fuhr alle Punkte ab, an denen Amogelang Buthelezi und ihre beste Freundin Omphile Khumalo sich immer gerne aufhielten. Das waren der Sandstrand am Brandfleidam, der Campingplatz "Camping lakeside", die "Forest lodge" und zum Schluss knöpft sie sich Bokamoso Mahlangu auf der "Old wine Farm" vor. Die Familie Khumalo hatte sie schon befragt und im Friseurladen der Vermissten war sie auch schon. Dort war bisher nichts zu erfahren über ihren aktuellen Aufenthalt und Spuren die auf eine Gewalttat hindeuten gab es auch nicht.

An allen Stationen die sie aufsuchte stellte sich nur eines heraus, der letzte der Amogelang Buthelezi lebend sah war der Gärtner Bokamoso Mahlangu von der "Old wine Farm" um einundzwanzig Uhr im "Barber Shop", das wurde auch von dem Gast der zuvor die Haare gemacht bekam bestätigt. Denn die Frau sah beim Herausgehen aus dem Geschäft, wie Bokamoso Mahlangu den Laden betrat und sich auf den Stuhl des Friseurladen zum Haare waschen hinsetzte. In der Stadt wurde die Vermisste nach einundzwanzig Uhr auch nichtmehr gesehen. Denn ab und an gingen die beiden Freundinnen in die Kneipe um ein kühles frisches Bier zu trinken.

Also war ihr letzter Weg an diesem Tag zur "Old wine Farm", um den Gärtner Bokamoso Mahlangu zu verhören oder ggf. sogar aufs Revier zum Verhör mitzunehmen.

Sie stellte wie das letzte Mal ihren Dienstwagen auf den Parkplatz vor dem wunderschönen Haus der "Old wine Farm" ab und lief direkt in das Büro des Eigentümers Georg Häberle. Er erledigte gerade ganz vertieft Papierarbeit in seinem Büro und bemerkte die hereinkommende Kommissarin nicht gleich. Nur sein Hund Max stand sofort parat, weil er aber die Polizistin kannte, schaute er nur etwas gelangweilt und schlug auch nicht an, sondern legte sich wieder gemütlich auf die weiche Decke seines Platzes. Georg Häberle erschrak ein wenig als er die Kommissarin erblickte und fragte gleich etwas nervös, "Was verschafft mir die Ehre so eine hübsche Polizistin in meinem Büro zu empfangen? Darf ich einen guten Wein verkaufen oder geht es schon wieder um meinen Gärtner Bokamoso Mahlangu?"

Die Kommissarin grinste freundlich und bedankte sich für das nette Kompliment. "Leider bin ich nicht wegen dem guten Wein hier, sondern wegen ihrem Gärtner Bokamoso Mahlangu."

"Was hat er den nun wieder angestellt?", fragte Georg Häberle. Sie sagte, dass es wieder eine vermisste Person gibt und ihr Gärtner Bokamoso Mahlangu sie als letzter sah. Aus diesem Grund muss ich ihn dazu befragen. Georg Häberle lief mit der Kommissarin zum Pool, weil Bokamoso Mahlangu sich dort arbeitsbedingt am meisten aufhält. Der junge Mann war dort nicht zu finden und auch sonst auf dem gesamten Weingut nicht ausfindig zu machen. Dann fiel den gefragten Kollegen ein, dass Bokamoso Mahlangu doch nach Feierabend immer in den Wald des Haweqwa Naturreservat zum Pilze sammeln geht.

Die Kommissarin lief nun zum Haweqwa Naturreservat und Georg Häberle schloss sich bei der Suche mit seinem schönen Rhodesien Ridgeback Max an.

Die zwei suchten im Haweqwa Naturreservat nach dem Gärtner Bokamoso Mahlangu, konnten ihn aber nicht finden und trafen stattdessen den Ranger Tom. Der Ranger fragte etwas belustigend, "Was macht den unsere hübsche Kommissarin hier so im dunklen Wald, das wird doch kein Rendezvous sein, oder?" Freundlich verneinte sie und fragte sofort, ob er vielleicht den Gärtner Bokamoso Mahlangu beim Pilze sammeln gesehen hätte. Ranger Tom teilte ihr mit, dass sie aus der falschen Richtung kommen, denn erst vor ein paar Minuten sah er ihn und gab Bokamoso Mahlangu den Tipp, dort unten am Bachlauf nach Pilzen zu suchen, weil er dort viele dieser leckeren Speisepilze gesehen hatte. Die Polizistin und Georg Häberle bedankten sich freundlich und liefen eilig zum Bachlauf um Gärtner Mahlangu zu finden. Tatsächlich fanden sie Bokamoso Mahlangu recht schnell am Bachlauf und sein Holzkörbchen war schon fast voll mit den schönen Waldpilzen.

Als Bokamoso Mahlangu die Kommissarin und seinen Chef auf sich zulaufen sah, erschrak er fürchterlich und wollte schon den Korb wegwerfen und in den tiefen dunklen Wald flüchten. Er hatte furchtbare Angst, denn aus der letzten Begegnung mit der Kommissarin folgte nichts Gutes für ihn. Er wusste dass er angezählt war und dies alles nur wegen der Vorbestrafung, für die er nichts konnte, so wie der Vergewaltigung und dem Mord an Omphile Khumalo. Nur weil er sie am See als letzter sah. Bestimmt kommen sie und wollen ihm schon wieder etwas anhängen für das er nichts kann, denn man glaubt ihm sowieso nicht, das waren seine dunklen und unangenehmen Befürchtungen. So stand er wie versteinert da, mit dem Korb in der einen und dem Messer zum Pilze schneiden in der anderen Hand.

Die Kommissarin rief laut und energisch zu Bokamoso Mahlangu, "Machen sie keine Dummheiten und legen sofort das Messer auf den Boden. Wir kommen zu ihnen und wollen nur mit ihnen reden." Georg Häberle rief ihm auch zu und bat ihn keine unüberlegten Sachen zu machen und nicht davon zu laufen, es geht nur um Informationen.

Nach den letzten beruhigen Worten von Georg Häberle legte Bokamoso Mahlangu ruhig das Messer auf den Waldboden und wartete bis die zwei zu ihm gelaufen kamen.

Georg Häberle spürte ganz deutlich die Anspannung bei seinem Gärtner und sprach deshalb nochmals ein paar beruhigende Worte, damit er keine Dummheiten macht.

Anschließend stellte die Kommissarin ihre exakten Fragen bezüglich dem Friseurtermin von Bokamoso Mahlangu im "Barber Shop", bei der jungen und schönen Amogelang Buthelezi, um einundzwanzig Uhr. Bereitwillig erzählte ihr der Gärtner alles, wie er es erlebt hat und, dass er einen Korb wegen der Einladung zum Bier trinken bekam und letztendlich aus dem "Barber Shop" rannte. Die Kommissarin bohrte tiefer und fragte ihn, war es vielleicht nicht so, dass ihn die hübsche und vollbusige Amogelang Buthelezi genauso angeturnt hat wie die ebenfalls hübsche und vollbusige Omphile Khumalo am Sand-strand des Brandfleidams und er wegen dem Korb beleidigt war, so wie bei der Frau am See. Danach bei ihm alle Sicherungen durchgebrannt sind und er sie auch entführt, vergewaltigt und am dritten Tag umbringen will, so dass die Polizei die Leiche dann irgendwo findet ?

Der einfache und geistig etwas zurückgebliebene Gärtner Bokamoso Mahlangu stand da und war geschockt von den Vorwürfen und Beschuldigungen der forschen Kommissarin. Er konnte die vielen Informationen nicht alle sofort verarbeiten. Nach ein paar Sekunden verstand er langsam die harten Beschuldigungen und sein Gesicht verzerrte sich schmerzhaft und er fing fürchterlich an zu weinen. Er sagte stotternd und kaum hörbar unter Tränen, die zwei Frauen sind so schön und ich habe mich in beide verliebt, weil sie so wunderschöne Körper haben und ihm die vollen Brüste so gefallen, deshalbstarrt er immer ganz lange dort hin, weil ihn der schöne

Anblick geradezu fesselt und erregt. Das Nasenwasser läuft ihm zusätzlich aus der Nase und er zieht immer wieder schluchzend die Nase hoch und beteuert ich habe den zwei Frauen nichts angetan. Ich kann doch nichts dafür, dass ich die zwei als letzter gesehen habe, das ist doch noch kein Verbrechen, oder? Die ganze Ungerechtigkeit dieser Welt schien in seinen Augen und seinem Handeln zu sein, so verzweifelt, erschöpft und gnadenlos ungerecht behandelt fühlte er sich. Am liebsten wäre er im Waldboden versunken und nie wieder aufgetaucht. Denn aus seiner Sicht war alles immer nur ungerecht. Die Kommissarin setzte ihn weiter unter Druck und fuhr immer härtere Geschosse auf.

Dann fiel der völlig verstörte Bokamoso Mahlangu in Ohnmacht, der kontinuierliche Druck war einfach zu viel für ihn. Seine einfache und kindliche Seele vertrug die harten Attacken der Kommissarin nicht mehr. Sein Körper zog die Notbremse und der Kreislauf versagte, so konnte sich sein Innerstes vor den bösen Beschuldigungen, aus seiner Sicht, schützen.

Georg Häberle konnte das nicht weiter mit ansehen und kümmerte sich um seinen schwer gebeutelten Gärtner. Legte ihn vorsichtig und ordentlich auf den Waldboden in die stabile Seitenlage, so dass er sich durch eventuelles Erbrechen nicht selbst erstickt. Dann schimpfte der Weingutbesitzer mit der jungen Kommissarin. "Wenn ich das gewusst hätte, wie sie mit dem armen und behinderten Menschen umgehen, dann hätte ich ihnen nicht beim Suchen geholfen. Sie wollten ihn nur etwas fragen und nun haben sie, durch ihre übertriebenen und zu harten Beschuldigungen, seine kindliche Seele zerstört. Damit will ich nichts zu tun haben, denn ich habe auch eine Fürsorgepflicht gegenüber meinen Mitarbeitern. Das gerade eben ging deutlich zu weit." Es wurde ganz still im Wald und Georg Häberle kümmerte sich nur noch um den in Ohnmacht gefallenen Bokamoso Mahlangu.

Die Kommissarin hatte nun ein sichtbar schlechtes Gewissen und entschuldigte sich bei Georg Häberle. "Ja, ich bin zu weit gegangen, zumal der entstellte und geistig zurückgebliebene Bokamoso Mahlangu das nur schwer verkraftet. Aber bitte verstehen Sie auch mich, ich muss die vermisste finden, denn ich habe schon bei der Vergewaltigung und den Mord von Omphile Khumalo jämmerlich versagt. Ich will Amogelang Buthelezi finden, bevor schlimmeres passiert. Das letzte Mal dauerte es drei Tage bis die mehrfach vergewaltigte Frau umgebracht wurde. Da muss ich beim Verhör schon an die Grenzen gehen, um ein Geständnis zu bekommen."

Ein paar Minuten später kam Amogelang Buthelezi wieder zu sich. Er erschrak abermals, als er die Kommissarin sah und fiel fast wieder in Ohnmacht, wenn da nicht Georg Häberle ihn beruhigte und vorsichtig auf die Wangen geklopft hätte.

Georg Häberle nahm das Messer vom Waldboden und die Kommissarin den Korb mit Pilzen auf, dann liefen die drei aus dem Wald des Haweqwa Naturreservats zur "Old wine Farm" zurück. Es wurde so gut wie nichts gesprochen. Nur Georg Häberle tröstete hin und wieder seinen Gärtner, weil er ihm leidtat und er Hilfe brauchte. Der große hellbraune Rodesien Ridgeback Rüde Max war ganz durcheinander, denn er konnte das alles nicht zuordnen und lief den dreien hinterher. Als das Trio und der Hund die "Old wine Farm" erreichte war es schon lange stockdunkel. Die Kommissarin lief, ohne sich zu verabschieden, zum Auto und fuhr zum Polizeirevier zurück. Per Funk berichtete sie unterwegs ihrem Chef den gesamten Vorgang und die Ergebnisse ihrer Recherche an diesem Tag.

Auch in den nächsten Tagen gab es keine Spur der vermissten Amogelang Buthelezi, sie konnte fragen wen sie wollte, keiner sah sie nach dem besagten Friseurtermin von Bokamoso Mahlangu um einundzwanzig Uhr.

Auf der Polizeiwache von Alfalfa diskutierten sie den Fall rauf und runter, egal wer oder wo sie starteten, alle Fakten sprachen für den Täter Bokamoso Mahlangu, weil er die Frauen immer als letzter sah und mit ihnen nachweislich zusammen war. Für die Vermisstenanzeige von Amogelang Buthelezi gab es noch keine Leiche und deshalb ist es doppelt schwer zu untersuchen, ob es sich wirklich um einen Serienvergewaltiger und Mörder handelt, oder nur ein Trittbrettfahrer, der sich wichtigmachen möchte und die Spur darauflegt. Außerdem ist der Sexual- straftäter Bokamoso Mahlangu vorbestraft und sein Sexual- verhalten spricht eindeutig für ihn als Täter. Aber ohne Leiche gibt es keinen Sexualtäter oder Mörder. Es kehrte wieder Ruhe auf der Polizeistation in Alfalfa ein und jeder ging seiner Routinearbeit nach, jedoch immer mit wachem Auge und Verstand wegen dem Sexualmord und der jungen Vermissten Amogelang Buthelezi. Die Brüder Mofokeng fuhren mit ihrem Streifwagen immer extra größere Touren, auch dort wo sie üblicherweise nicht lang fuhren, um eventuell einen Hinweis zu den letzten dramatischen Fällen zu erhalten.

Ein Anrufer verlangte die Kommissarin Lesedi, weil er beim Spaziergang im Haweqwa Naturreservat einen schwarzen Finger fand. Es war wieder ein Gast vom "Camping lakeside" der im Wald mit seinem Hund spazieren ging. Nachdem der Hund auf Kommando nicht zurückkam, lief der Mann zum Bachlauf im Haweqwa Naturreservat und schaute was für ihn so wichtig war, dass er sein Kommando verweigerte. Dann entdeckte er einen kleinen schwarzen Finger einer zierlichen Person, der aus der Erde herausschaute und zuvor vom Wasser oder Wind freigelegt wurde. Der Mann legte die Hand frei und bemerkte, dass hier vermutlich eine ganze Leiche unter der Erde liegt. Er rief sofort die Kommissarin an und meldete den Fall. Die Kommissarin war etwas aufgeregt und verabredete sich sofort mit dem Mann am Fundort.

Sie raste mit ihrem Dienstwagen in das Haweqwa Natur- reservat und rannte die letzten paar hundert Meter zur Fund- stelle und hoffte innerlich, dass die dunkelhäutige Leiche nicht Amogelang Buthelezi ist. Ihr Polizeichef Jacobs wählte sich, während der Anfahrt der Kommissarin zum Tatort, diesmal nicht die Finger wund, denn gleich beim ersten Telefonat reagierte die Polizeizentrale in Kapstadt schnell und sendete Spezialisten für die Untersuchung des Tatorts und einen erfahrenen Doktor zur Leichenobduktion. Das Speziallisten-team wird so schnell wie möglich vor Ort sein und alles genau untersuchen. Für die rund hundertfünfzig Kilometer von Kap-stadt bis Alfalfa wird das Team mindestens eineinhalb Stunden benötigen. Ihre Kommissarin soll per Funk den genauen Fund-ort durchgeben. Diesmal war der Polizeichef Herr Jacobs sehr zufrieden und bedankte sich in der Polizeizentrale in Kapstadt für die gute und schnelle Bereitstellung des Speziallistenteams.

Stolz und erfreut teilte der Polizeichef von Alfalfa die Situation seiner jungen Kommissarin mit. Sie war ganz überrascht und zufrieden, dass die Spezialisten aus Kapstadt anrücken und nun eine reale Chance besteht die tatsächliche Ursache des Todes zuverlässig zu ermitteln.

Schnell sicherte die junge Kommissarin vor Ort den Tatort um die Leiche mit rot-weißem Kunststoffband und einen zweiten weitläufigen Ring großzügig um den Fundort. So dass keiner die Spuren verwischen kann und die Spezialisten aus Kapstadt in Ruhe arbeiten können. Danach verhörte sie den Mann mit dem Hund, der die Leiche am Bachlauf gefunden hatte und notierte alles ganz genau.

Die Brüder Mofokeng empfingen die Spezialisten und den Doktor für die Befundung weit vor der Kleinstadt Alfalfa. Das war quasi ihr Einsatz zu dem zweiten negativen Großereignis in Alfalfa. Sofort fuhren die Ortskundigen Brüder den Trupp aus Kapstadt zum Fundort und halfen beim Tragen der Gerät-schaften und der Koffer zur Fundstelle.

Nach einer kurzen Begrüßung und dem Austausch der Daten und Fakten startete die Spezialeinheit mit ihrer Arbeit. Zuerst wurde alles Drumherum ausgiebig fotografiert und untersucht, danach arbeiteten sie im inneren Kreis um die Leiche. Erst ganz zum Schluss wurde die Leiche freigelegt und noch am

Fundort fotografiert, dazu standen überall kleine Kunststoff-schilder mit Nummern. Als die junge schwarze Frau das erste Mal umgedreht wurde und ihr Gesicht zu erkennen war, brach die Kommissarin fast zusammen, denn es handelte sich um die junge hübsche Amogelang Buthelezi vom "Barber Shop". Anschließend stellten alle Beteiligten die Daten zusammen und notieren diese, weil die Kommissarin durch die Vermissten-anzeige alles vorliegen hatte. Die Leiche der jungen, hübschen Frau Amogelang Buthelezi war noch recht gut erhalten. Der Doktor meinte, die nackte Leiche wurde bestimmt in der Nacht hier vergraben und gab schon eine erste kleine Aussage zum Zeitpunkt. Es war wieder genau drei Tage nach dem Ver-schwinden der vermissten Person. An ihrem Oberkörper waren viele Kratzsputen und im Gesicht zusätzlich ein paar dicke Blutergüsse zu erkennen. Die teilweise abgebrochenen Finger-nägel und die vielen Kratzwunden deuteten auf einen Kampf hin. Mehr konnte auf den ersten Blick nicht erkannt werden. Die genauen Details der Ursache des Todes muss noch in meiner Praxis bzw. in der Leichenhalle von Alfalfa untersucht werden.

Das Spezialistenteam aus Kapstadt übernahm die restliche Arbeit mit dem Abtransport der Leiche und der detaillierten Obduktion. Die Polizeibrüder halfen wieder tatkräftig beim Abtransport der Gerätschaften und Taschen. Dann ging jeder wieder seiner Arbeit nach.

Später obduzierte der Doktor die Leiche genau und bestätigte, dass tatsächlich die junge hübsche Frau Buthelezi in der genannten Nacht, in der Erde am Bachlauf, vergraben wurde. Sie war bereits kurz vor dem Begraben schon Tod. Es fanden mehrere Kämpfe in den letzten drei Tagen vor ihrem Tod statt, so wie die Blutergüsse und Platzwunden auf ihrem Körper und in ihrem Gesicht zeigen. Zudem sprechen die abgebrochenen Fingernägel auf eine körperliche Auseinandersetzung. Es wurden zudem noch im Vaginal- und Analbereich starke Verletzungen festgestellt, die leider auf eine mehrfache, über drei Tage lange, immer wieder fortlaufende Vergewaltigung hinweisen. Spermaspuren konnten keine gefunden werden, vermutlich verwendete der Täter Kondome. Ebenso fanden wir keine Haare oder Blutspuren des Täters, so dass eine Identifikation über diese Spuren ausgeschlossen werden kann. Die genaue Todesursache erfolgte durch eine Überdosis Kokain, die ihr ganz unauffällig in den Hinterkopf, mitten in die Haare, injiziert wurde. Unter den Fingernägeln waren viele Partikel von Betonzement und Holzsplitter zu finden. Was vermutlich durch den Kampf während der Entführung und / oder der mehrfachen Vergewaltigung aufgenommen wurde. Dies war nun die offizielle Obduktion des Doktors aus Kapstadt. Anschließend wurde alles im Leichenschein und der Polizeiakte, zusammen mit den Fotos und dem Beweismaterial dokumentiert.

Nachdem der Polizeichef von Alfalfa den Bericht zur Kenntnis bekam, forderte er unverzüglich die Leiche von Omphile Khumalo nochmals auszugraben und vom Doktor aus Kapstadt zu analysieren. Denn er wollte unbedingt die Todesursache wissen, um zu prüfen, ob es einen Serienmörder gibt.

Die Aktion wurde sehr schnell und unbürokratisch durchgeführt. Der Spezialist aus Kapstadt stellte fest, dass die genaue Todesursache ebenfalls durch eine Überdosis Kokain, die ihr ganz unauffällig in den Hinterkopf, mitten in die Haare, injiziert wurde. An exakt der gleichen Stelle wie der zweiten Frau, die am Bachlauf im Haweqwa Naturreservat gefunden wurde. Unter den Fingernägeln waren die gleichen Partikel von Betonzement und Holzsplitter zu finden. Die durch den Kampf während der Entführung und / oder der mehrfachen Vergewaltigung aufgenommen wurden. Ganz Sicher ist es der gleiche Tatort, weil die Materialien unter den Fingernägeln identisch sind.

Die Kommissarin und der Polizeichef von Alfalfa stellten fest, dass es relativ sicher ist und wir es hier mit einem perversen Serienmörder aus der Nähe zu tun haben. Denn die zwei Vergewaltigungen und Morde liegen weit auseinander und

Gäste in der Region sind selten so lange vor Ort in Alfalfa. Am späten Abend stand der alte Polizeichef und seine junge hübsche Kommissarin wieder vor der Hütte der Eltern von Omphile Khumalo und klopften vorsichtig an der Eingangstür. Alle Familienmitglieder waren dort versammelt. Mit finsterer Miene öffnete der sonst so fröhliche Vater des Opfers die einfache Haustür der Hütte und erschrak sichtlich als er die zwei Polizisten sah. Denn er fühlte, dass dies nichts Gutes bedeuten kann, schon Garnichts zu so später Stunde. Dem Vater Khumalo flossen schlagartig die Tränen aus den Augenwinkeln und sein Gesicht verkrampfte sich und wurde blass, weil er instinktiv spürte, dass die Nachricht der besten Freundin seiner verstorbenen Tochter, Amogelang Buthelezi mitgeteilt wird.

Die zwei Polizisten traten in die Hütte und Frau Khumalo sah den selben Schicksalsschlag wie bei ihrer Tochter kommen.

Vater Khumalo holte eine gute Flasche Schnaps aus der alten hölzernen Vitrine und schenkte allen Erwachsenen davon in die kleinen Schnapsgläser ein, die er zuvor auf den hölzernen Wohnzimmertisch gestellt hatte. Erst nachdem alle ihr Glas mit einem Mal leerten, auch die zwei Polizisten, obwohl Alkohol im Dienst nicht erlaubt ist, wurde die absolute Stille und das Schweigen im Wohnzimmer der Familie Khumalo unter-brechen. Der Polizeichef Herr Jacobs schaute seine Kollegin an und brach das Schweigen im Raum, denn er als ältester und Polizeichef sah sich in der Pflicht die Familie über das tragische Schicksal bezüglich deren Freundin Amogelang Buthelezi sachlich, nüchtern und äußerst freundlich zu berichten, denn die vergewaltigte und ermordete Amogelang Buthelezi hatte keine Verwandten denen dies mitgeteilt werden konnte. Die Tochter der Familie Khumalo war schließlich die beste Freundin und Mutter Khumalo stellte auch die Anzeige, da sah der alte Polizeichef sich in der Pflicht sie zu informieren. Aber er hatte auch ganz feuchte Augen und das Reden fiel ihm schwer und er war innerlich sehr froh, als er es schaffte diese schlechte Nachricht zu übermitteln.

Vater Khumalo füllte nochmals die Gläser mit dem guten Schnaps auf und brach damit das Schweigen im sonst so stillen Raum. Alle tranken sofort leer und waren dankbar für das kleine Betäubungsmittel, denn die Nerven aller lagen blank.

Die Kommissarin versprach der Familie Khumalo, das es Gerechtigkeit geben wird und wir von der Polizei den Täter finden und er vor ein ordentliches Gericht gebracht wird und seine gerechte Strafe erhält.

Der Polizeichef bat alle im Raum nochmals nachzudenken und ihm oder der Kommissarin mitzuteilen, wenn jemand etwas Auffälliges sieht oder sonstige Hinweise zur Aufklärung des Mordes einfällt. Er betonte nochmals, keine Alleingänge, nur mit der Polizei gilt es zu handeln. Anschließend verließen die zwei Beamten die Hütte und fuhren in ihre Häuser zurück.

Auch nach einer weiteren Woche fand die Polizei den Täter nicht, trotz der intensiven Recherche der hochmotivierten Kommissarin und des Polizeichefs. Ebenso wenig gab es keine neue heiße Spur zum Täter, trotz der genauen Ergebnisse zur Todesursache von den Experten aus Kapstadt. Es blieb nur der dringende und nun erhärtete Tatverdacht an Bokamoso Mahlangu.

Der Leichnam wurde zur Beerdigung freigegeben und die Beisetzung erfolgte auf dem kleinen Friedhof von Alfalfa. Durch die Arbeit von Amogelang Buthelezi in ihrem "Barber Shop kannten natürlich sehr viele Bewohner die junge hübsche Frau und kamen, ebenso wie die Freunde, zur Beisetzung. Sie fand dort ihre Ruhe und den Frieden gleich neben ihrer besten Freundin. So waren die zwei wenigstens nach ihrem Leben auf der Erde im schönen Südafrika wieder vereint.

Die gesamte Festlichkeit viel deutlich kleiner aus als bei ihrer Freundin, denn sie hatte keine Verwandten in der Kleinstadt und er Umgebung. Trotzdem wurde die fröhliche Verabschiedung "aftertears" ein sehr schönes Fest und half allen, die sie liebten, in den Kreis der ahnen aufgenommen zu werden. Dort wird die junge hübsche Amogelang Buthelezi bestimmt ihre beste Freundin wieder treffen.

Bokamoso Mahlangu kam vor lauter Angst nicht zur Beerdigung, weil er wusste, dass der ganze Zorn der Teilnehmer auf ihn abgelassen werden würde.

Kurz nach der Beerdigung von Amogelang Buthelezi kam der richterliche Beschluss aus Kapstadt, den Hauptverdächtigen Bokamoso Mahlangu zu verhaften, vorerst in staatliche Verwahrung zu nehmen, bis die Untersuchungen abgeschlossen und ein Prozess gegen ihn geführt wurde. Bokamoso Mahlangu wird die mehrfache Vergewaltigung, Folter und Mord in zweifacher Ausführung an Omphile Khumalo und Amogelang Buthelezi vorgeworfen. Der vermutliche Täter ist sofort von der örtlichen Polizei in Alfalfa zu verhaften und nach Kapstadt in das Gefängnis für "besonders schwere Fälle" zu überführen.

Der Polizeichef sendete zu dieser Festnahme die Kommissarin und unauffällig als Rückendeckung die Polizeibrüder Mofokeng zur "Old wine Farm". Es ging alles ganz schnell, denn der vermutliche Täter Bokamoso Mahlangu leistete keine Gegenwehr oder gar einen Fluchtversuch. So ließ er sich die Hand- und Fußfesseln aus Metall anlegen und folgte total erschöpft und verängstigt der Kommissarin. Die ihn schließlich in das Heck des alten Streifenwagens der Brüder Mofokeng setzte und an der Tür zusätzlich mit ein paar Handschellen sicherte. Bokamoso Mahlangu blickte noch ein letztes Mal ganz verschüchtert und verängstigt zu seinen Arbeitskollegen und der Familie Häberle. Dabei liefen ihm die Tränen über sein entstelltes Gesicht und er gab sich auf. Denn er konnte die Welt nicht verstehen, weil er verhaftet wird ohne auch nur irgendjemand etwas Böses getan zu haben. Nur weil ihm die zwei hübschen jungen Frauen mit ihren wunderschönen Körpern und den großen prallen Brüsten so gut gefielen und er sich in sie verliebte. Deshalb wird er bestraft! Ich bin unschuldig. Ich bin unschuldig. Ich bin unschuldig. So ging es ihm durch den

Kopf, er wusste nicht mehr, ob er dies unter seinen Tränen sagte oder nur dachte. Dann fuhr die Polizei mit ihm nach Kapstadt und er kam in das genannte Gefängnis.

Die Arbeitskollegen und die Familie Häberle konnten das nicht glauben, dass Bokamoso Mahlangu so etwas wirklich getan hat. Denn er war ein lieber, hilfsbereiter, freundlicher, junger Mann mit dreißig Jahren. Klar war er sehr mager, hatte eine Hasen-scharte und war geistig etwas zurückgeblieben. Ja, er schaute ganz schön auffällig den jungen hübschen Frauen hinterher und besonders gut gefielen ihm die schönen großen Brüste der Frauen, da war er immer ganz fasziniert, wenn die sich so schön bewegten. Aber ist das nicht normal bei Junggesellen die keine Frau haben und nur von so etwas schönem träumen dürfen. Bokamoso Mahlangu machte immer einen guten Job, war fleißig und sozial engagiert, er sammelte stundenlang für seine Kollegen und der Familie Häberle Pilze im Wald. Auch sein Zimmer im Arbeiterhaus war stets vorbildlich aufgeräumt und sauber. So kreisten die Gedanken über Bokamoso Mahlangu und das nicht nur bei Georg Häberle.

Die Polizei in Alfalfa war sehr froh nun den zweifachen Vergewaltiger und Mörder gefasst zu haben und feierte ein wenig den Erfolg. Nur der alte Polizeichef Jacobs konnte das nicht so recht glauben, dass diese arme Kreatur, die so vom Schicksal gebeutelt wurde der Serienmörder sein soll.

Er behielt das für sich, denn er lernte in seinem Leben keine voreiligen Beschlüsse zu fassen und dass es besser ist manche Sachen für sich zu behalten.

Das Leben in Alfalfa geht seinen normalen Gang, auch drei Monate später gab es glücklicherweise keinen Zwischenfall und allmählich verblasste der Vorfall. Es ist gut so, denn die Menschen in der Stadt und dessen Umgebung benötigen für ihr Seelenheil diese Normalität, denn ständig mit der Angst zu leben und im Unterbewusstsein verarbeiten zu müssen, "Ich bin das nächste Opfer" macht die Menschen auf Dauerkrank. Es beruhigte die Kleinstadtbewohner einen Täter zu haben und deshalb waren alle unbesorgt.

In der Zwischenzeit saß Bokamoso Mahlangu in Kapstadt, im Gefängnis für "besonders schwere Fälle", seine frisch verurteilte Strafe ab. Weil er geständig war wurde er nicht in anschließende Sicherheitsverwahrung genommen, sondern durfte nach seiner Haftstrafe von fünfundzwanzig Jahren wieder aus dem Gefängnis, aber nur unter der Bedingung, dass er alle medizinischen Untersuchungen und psychiatrischen Behandlungen erfolgreich abschließt. Wenn er sich besonders gut im Gefängnis führt, stellte man ihm auch in Aussicht, dass er vorzeitig entlassen werden kann. Der Richter betonte extra, diese Vorteile hat er nur weil der Verurteilte Bokamoso Mahlangu sofort ein eindeutiges und klares Geständnis abgelegt hatte. Er kann froh sein, dass in Südafrika die Todesstrafe seit neunzehnhundertfünfundneunzig verabschiedet wurde und er doch relativ mild urteilte. Er begründete die aus seiner Sicht milde Strafe, weil der Verurteilte Bokamoso Mahlangu mit seiner Entstellung im Gesicht, der armen und traurigen Kindheit, so wie seiner reduzierten geistigen Leistungsfähigkeit, es in seinem Leben schon schwer genug hatte. Der Verurteilte wünschte sich im Gefängnis für "besonders schwere Fälle", dass er im Garten arbeiten dürfte, dies sollte vor Ort berücksichtigt werden.

So wurde das Urteil vollstreckt und Bokamoso Mahlangu kam in das Gefängnis nach Kapstadt für "besonders schwere Fälle" in eine kleine und sehr primitive Einzelzelle, die zudem sehr schmutzig war. Nach kurzer Zeit gewöhnte er sich ein, restaurierte und putzte seine Zelle, so dass sie immer sauber und ordentlich aussah, so wie einst sein Zimmer im Arbeiterhaus der "Old wine Farm". Er bekam einen Job in der Gefängnisgärtnerei und sein Aufseher freute sich, dass er so einen braven, fleißigen, ehrlichen und freundlichen Mitarbeiter hatte.

Oft musste Bokamoso Mahlangu an die schöne Zeit auf der "Old wine Farm" denken, vor allen nach der Arbeitszeit und in der Nacht. Die Arbeitskollegen und sein Chef Georg Häberle waren stets nett und freundlich zu ihm. Frau Anna Häberle mochte er ganz besonders gern, weil sie so lieb war und so tolle Gerichte aus ihrer Heimat in Süddeutschland kochen konnte. Ja, er dachte auch an die schöne Zeit im Wald des Haweqwa Naturreservats, wo er so schöne große Pilze am Bachlauf gefunden hatte und sich alle auf der "Old wine Farm" freuten, weil Frau Anna Häberle daraus so leckere Gerichte kochen konnte. Er sah auch immer die zwei kleinen süßen Töchter der Familie Häberle und den schönen Hund Max, mit dem er oft lange spielte und Blödsinn machte. Der Hund mochte Bokamoso Mahlangu sehr, weil er es stets gut mit ihm meinte und er sich liebevoll um ihn kümmerte. Manchmal musste Bokamoso Mahlangu etwas schmunzeln, wenn die Saisonarbeiter so große Angst vor dem Rhodesien Ridgeback Max hatten, weil sie nicht wussten wie lieb der Hund war. Er dachte oft an die kleine Schwester Sybille Häberle aus Stuttgart, die zu Besuch auf die "Old wine Farm" kam und so eine tolle superschlanke Figur hatte. Auch ihre langen schwarzen Haare und das hübsches Gesicht gefiel ihm, aber am allerschönsten waren ihre großen und schönen Brüste, vor allem wenn sie so durch den Garten lief und diese so toll wackelten. Dann dachte er an die zwei hübschen schwarzen und jungen Frauen Omphile Khumalo und Amogelang Buthelezi, in die er sich so verliebte, die aber kein Auge oder Ohr für ihn hatten. Sie waren so wunderschön, so perfekt mit ihren filigranen und erotischen Körpern und den schönen Gesichtern. Ja diese wunderschönen, vollen und wippenden Brüste sah er dann immer vor seinen Augen, so wie die schwarzen Nippel und Vorhöfe, die oft durch die weiße Kleidung oder den kleinen Bikinis zu sehen waren. Dann fing er leise an zu weinen. Er weinte oft, ganz besonders in der Nacht. Denn es tat ihm unendlich leid, dass gerade die zwei schönen Frauen nichtmehr leben und er daran schuld sein sollte. Mit diesen vielen Gedanken ging er jeden Abend in sein einfaches Bett im Gefängnis und weinte sich ganz leise und unauffällig in den Schlaf. Er war immer sehr froh, wenn der Tag kam und er in den Garten des Gefängnisses zum Arbeiten durfte, denn dann wurde er abgelenkt und konnte sich über die Pflanzen und Blumen freuen und seine positiven Gedanken waren im schönen Garten am Pool der "Old wine Farm".

Es war trotz der Schwere ein einfacher und schneller Prozess, weil der Gärtner Herr Mahlangu seine grausamen sexuellen Handlungen und die Morde vor Gericht bestätigte. Der Richter war mit seiner eigenen Arbeit sehr zufrieden. So wurde im Gerichtsprotokoll festgehalten, dass der Gärtner Bokamoso Mahlangu am Sandstrand des Brandfleidam sich über die hübsche Frau Omphile Khumalo, nachdem die Familie Dlamini vom Campingplatz nicht mehr sichtbar war, sexuell hermachen wollte. Dies tat er, weil er sich in sie verliebte und sie sexuell so anziehend fand. Weil Omphile Khumalo seine liebe nicht erwiderte und er die attraktive Frau im knappen Bikini unbedingt haben wollte wurde er gewalttätig und sie wehrte sich, dann schlug er so fest zu, dass sie ohnmächtig wurde. Bokamoso Mahlangu warf ihr Fahrrad an einer tiefen Stelle in den See, um die Spuren zu verwischen. Anschließend schnappte er das Opfer und trug es zu seinem Fahrrad, um es in den Anhänger des Fahrrades in einen grünen Gärtnersack zu packen. Danach lief er zum Sandstrand zurück und verwischte mit einem Ast die Spuren im Sand. So dass die Kampfspuren nicht mehr sichtbar waren. Er fuhr in den Wald und trug den Sack mit der jungen Frau Omphile Khumalo in eine Höhle, die nur er kannte, zog ihren Bikini aus und vergewaltigte die hübsche Frau mehrfach vaginal und anal. Weil das Opfer aus ihrer Ohnmacht zurückkam und den Sex mit ihm nicht wollte, schlug er siemehrfach heftig ins Gesicht und den Oberkörper. Bei der Abwehr der Vergewaltigung brachen dem Opfer die Fingernägel.

Nachdem er mit der Vergewaltigung fertig war und die Frau wieder ohnmächtig schlug, verließ er die Höhle, die nur eine kleine Öffnung nach oben hatte und mit Hilfe eines Seiles aus ihr geklettert werden konnte. Zu Sicherheit verschloss er die Höhle mit einem großen Stein, so dass eventuelle Schreie nicht mehr zu hören waren. Nachts nach Feierabend kam er zur Höhle zurück und vergewaltigte die junge Frau mehrfach vaginal und anal. So ging das drei Tage lang, bis das Opfer so erschöpft war, dass er beschloss sie zu töten und ihr deshalb eine Überdosis Kokain spritzte. Er packte die Leiche wieder in den grünen Gärtnersack und legte sie in den Anhänger seines Fahrrades. Fuhr damit zum Sandstrand des Brandfleidams, band dort ein Strick mit einem schweren Stein um sie und versenkte sie im tiefen Wasser, so dass ihr Körper nicht mehr aus dem See schauen konnte. Dann hoffte er, dass die wilden Tiere den Leichnam schnell beseitigen und keiner den Mord bemerkt. Nach drei Monaten war Herr Mahlangu sexuell so unterversorgt, dass er sich nach dem Friseurtermin um einundzwanzig Uhr über die Geschäftsinhaberin Frau Buthelezi hermachen wollte. Diese wehrte sich und er schlug kräftig zu, als sie ohnmächtig war kam auch sie in den grünen Sack und wurde im Hänger seines Fahrrades in diese Höhle transportiert.

Dort spielte sich das gleiche Szenario wie im ersten Fall ab, die hübsche Frau wurde drei Tage lang von ihm vaginal und anal mehrfach brutal vergewaltigt und dann mit einer Überdosis Kokain umgebracht. Weil das erste Opfer im Brandfleidam entdeckt wurde, beschloss Herr Mahlangu das zweite Opfer, nach drei Tagen, besser im dunklen Wald des Haweqwa Naturreservat am Bachlauf zu vergraben. Er ging davon aus, dass hier niemand herkommt und die nackte Leiche langsam verwest und keiner seinen Mord je feststellen wird. Damit ist die brutale und äußerst grausame Weise der Vergewaltigungen und der Morde an zwei Frauen aus Alfalfa, durch den dreißigjährigen Angeklagten Bokamoso Mahlangu, eindeutig nachgewiesen und wurde durch sein Geständnis zudem schriftlich bestätigt. Damit schloss der Richter in Kapstadt den "Mord am Brandfleidam" ab.

Die Bevölkerung las in der Zeitung und sah das Urteil über Bokamoso Mahlangu sogar im Fernsehen von Südafrika. Der Richter wurde ausdrücklich in den Medien über den guten, fairen und schnellen Gerichtsprozess gelobt. Aus diesem Grund fühlten sich in Alfalfa nun alle sicher, denn der brutale mehrfache Vergewaltiger und Serienmörder wurde durch die gute Polizeiarbeit und dem Gericht dingfest gemacht und sitzt nun fünfundzwanzig Jahre im Gefängnis. Falls der Serienmörder diese Zeit überhaupt im Gefängnis für "besonders schwere Fälle" überlebt. Denn hier befinden sich die gefährlichsten Verbrecher von ganz Südafrika. Sozusagen die kriminelle Prominenz aus dem ganzen Land. Dafür haben sie den härtesten Gefängnisdirektor des Landes bestellt, der seine Wärter zu speziellen Schulungen und Trainingseinheiten unterzieht. Deshalb gibt es überdurchschnittlich viele Todesfälle unter den Inhaftierten. Was keinen stört, ganz im Gegenteil wird hinter vorgehaltener Hand der Direktor dafür gelobt.

Das Leben geht in Alfalfa unbesorgt weiter und weil alles so sicher ist, kommt auf der "Old wine Farm" die hübsche Schwester Sybille aus Stuttgart zu Besuch. Die Familie des Besitzers freuen sich und ganz besonders die Farmarbeiter, weil die junge Frau aus Stuttgart eine erotische Ausstrahlung hat und ihre schönen großen Brüste immer so toll auf ihren Rippen wackeln. Das begeistert schon viele Jahre die Mitarbeiter und Sybille fühlt sich immer sehr geschmeichelt, ja sie provoziert dies sogar ein wenig und kleidet sich sehr selbstbewusst, um ihre tollen Kurven noch besser zur Geltung zu bringen. Die Frauen der Farmarbeiter kennen das schon und gönnen ihren Gatten diesen bezaubernden Anblick. Denn ein wenig profitieren sie auch davon, weil ihre Ehe jedes Mal wieder mehr Schwung bekommt. Außerdem finden auch die Frauen der Farmarbeiter, dass die Schwester der Chefin wirklich hübsch ist und einen ganz fantastischen und durchtrainierten Körper besitzt. Aber sie hatte auch noch keine Kinder, die sie stillen musste und ihr Körper darunter ein wenig leiden würde.

Weil Sybille in zwei Tagen ihren runden Geburtstag feiert, hatte ihre Schwester Anna und Georg Häberle heimlich ein Fest organisiert, um sie damit zu überraschen. Sie luden alle ihre guten Freunde und die Kommissarin ein, die inzwischen zum Freundeskreis gehört. Es kamen unter anderem die Familie Schäufele von der "Forest lodge", die nette Familie Dlamini des "Camping Lakeside", der sportliche Poolboy, alle Mitarbeiter der "Old wine Farm" und der Polizeichef Jacobs mit seiner gutaussehnen und fleißigen Kommissarin. Frau Anna Häberle lud sogar die erschütterte Familie Khumalo ein, um diese ein wenig von ihrer tiefen Trauer abzulenken und sie auf andere Gedanken zu bringen.

Im Ort Alfalfa geschah nichts aufregendes und die Bewohner gingen ihren alltäglichen Arbeiten nach, nur in der Hauptstraße, wenn sie am geschlossenen "Truck Shop" oder "Barber Shop" vorbeiliefen, wurden sie von der grausamen Vergangenheit eingeholt. Weil gerade diese zwei beliebten und wichtigen Geschäfte nicht mehr geöffnet haben, fällt dies den Anwohnern ganz besonders ins Gedächtnis. Die mehrfache Vergewaltigung und anschließende Ermordung der zwei jungen süd-afrikanischen Freundinnen aus Alfalfa, durch den vorbestraften Bokamoso Mahlangu, wird man nie ganz vergessen.

Der Morgen, am Tag des Geburtstages von Sybille, fing auf der "Old wine Farm" wie gewöhnlich an. Die Eigentümer und Mitarbeiter standen ein wenig früher auf, um den Früh-stückstisch festlich zu gestalten. Die frischen Brötchen und Croissants lagen in einem großen hellen Weidenkorb, der mit weißem Stoff ausgelegt wurde. Die Teller, Tassen, Besteck und Servierten wurden ebenfalls in Weiß gehalten und harmonierten zum Tischbild mit den frischen Schnittblumen in der weißen, so wie ganz modernen Porzellanvase. Gekochte Eier, Omelette, geräucherte Wurst, Brühwurst, Schinken und ganz verschiedene Sorten Käse wurden auf den Tisch gestellt. In kleinen Töpfen, die sehr gut zum Gesamtbild passten, kredenzte man eigene selbstgemachte Marmeladen und Honig. Der frische Kaffee in der großen Kanne verbreitete sein Aroma im ganzen Haus. Zum Schluss wurde der frisch gepresste Orangensaft am Rand des Tisches, in einer modernen gläsernen Karaffe, serviert. Die schneeweiße Marzipantorte mit der Jubiläumszahl dreißig war der Gipfel der Schönheit, in der

Mitte des langen Tisches. Der Rhodesien Ridgeback Max spürte sofort, dass etwas anders ist als sonst und weil er sich so brav und ruhig verhielt, die Geburtstagsdekoration auf dem Tisch und an den Wänden nicht beschädigte, bekam auch er eine dicke Kochwurst von seinem Herrchen Georg spendiert.

Alles war mucksmäuschenstill in der Küche, als die müde Sybille, im kurzen und fast durchsichtigen Nachthemd, nur eingehüllt im dünnen kurzen Morgenmantel, die Küche betrat. Sofort schmetterten alle ein schönes, aber etwas zu lautes Geburtstagsständchen der Jubilarin zu. Sybille erschrak ganz kurz, freute sich aber riesig über diese gelungene Überraschung.

Als erstes gratulierte ihre große Schwester Anna und ihr Gatte Georg zum Geburtstag. Dann stürmten die kleinen Kinder zur Gratulation ihrer hübschen Tante. Bei der hektischen und liebe-vollen Umarmung wurde der dünne Morgenmantel von Sybille geöffnet und die Mitarbeiter des Weingutes wussten vor lauter Verlegenheit nicht mehr, wo sie hinschauen sollten. Denn die jungen Männer sahen nun fast die ganze Schönheit und Pracht ihres wunderschönen Körpers. Die großen Brüste standen hervor und ihre festen Nippel schauten quasi durch das fast durchsichtige Nachthemd.

An den Augen der Herren konnte Sybille erkennen, dass irgendetwas nicht stimmte. Ihre Schwester gab ihr lachend und unauffällig ein Zeichen, dass Sybille ihren Morgenmantel wieder verschloss. Was sie sofort verstand und umsetzte.

Das Frühstück dauerte an diesem schönen Morgen sehr lange und die Angestellten Herren der Farm schwärmten bei der Arbeit noch immer von Sybilles perfekten Körper.

Familie Häberle bat Sybille heute auch in den Weinbergen, die am weitesten vom Weingut entfernt liegen, den Arbeitern zu helfen, weil es eilig ist und die Arbeit leider nicht warten kann. Sie stimmte gerne zu und zog ihren blauen Arbeitsoverall an und machte sich mit den Angestellten auf den Weg. Weil sie oft half und sich inzwischen sehr gut auskannte im Weinanbau, war ihr klar, dass diese Tätigkeit den ganzen Tag beanspruchen würde. Da sie sehr gut gefrühstückt hatte war dies kein Thema, denn Trinken hatten sie genug dabei.

Georg Häberle gab zur Feier des Tages den Arbeitern zwei Flaschen des guten und kräftigen Rotweins mit, so dass während der Arbeit für beste Stimmung gesorgt wurde.

Von diesem Weinberg aus konnte Sybille und die Arbeiter nicht in den Hof des Weingutes schauen. Dies nutzte die Familie Häberle um alles, ganz unauffällig, für die große Geburtstagsparty am Abend vorzubereiten.

Georg Häberle schlachtete ein kleines Nguni-Rind aus seiner eigenen Herde und bereitete es auf dem großen Grill mit Drehspieß vor. Das Tier, auch wenn es jung und zart ist, muss mehrere Stunden gegrillt werden, wenn das Fleisch weich und schmackhaft sein soll. Das war seine Tätigkeit bis zur Party am Abend, zudem stellte er die Getränke kühl und um den Grill die Tische und Bänke auf. Zum Rind grillte er später Mais und Gemüse, die zur Beilage dienten. Seine Frau backte frisches Brot und stellte einen schmackhaften schwäbischen Kartoffelsalat her. Anschließend kümmerte sie sich um die Tischdekoration und den ganzen Kleinkram, der für so eine Party erforderlich war. Alle Gäste kamen inzwischen pünktlich zum genannten Termin der Party, nur die Arbeiter in den Weinbergen waren später dran, denn sie hatten den Auftrag nicht vor neunzehn Uhr im Hof des Weingutes zu erscheinen. Das war wichtig, denn sonst wäre die große Überraschungsparty schiefgelaufen. Sybille ahnte nichts davon, denn sie war der Meinung, mit dem tollen Überraschungsfrühstück wäre es bei weitem genug gewesen.

Die geladenen Gäste begrüßten sich und besprachen das weitere Vorgehen an diesem Abend. Das junge Nguni-Rind auf dem Drehspieß des Grills versprühte einen vielversprechenden und leckeren Geruch auf dem ganzen Grundstück des Weinguts.

Dazu das frisch gebackene Brot, das Grillgemüse und der hausgemachte schwäbische Kartoffelsalat ließ die Herzen der Gäste ein wenig höher schlagen.

Der Polizeichef Jacobs wollte gerade mit den Fingern etwas von dem vorbereiteten Buffet nehmen, um etwas heimlich zu Naschen. Dabei ertappte ihn die Gastgeberin Anna Häberle und schaute ihn ein wenig scharf an. Sofort ließ er die Finger vom, so lecker ausschauenden, Buffet. Es war dem Polizeichef ein wenig unangenehm. Aber dann mussten beide gleichzeitig lachen und freuten sich darüber.

Punkt neunzehn Uhr kamen die Arbeiter des Weingutes zum vereinbarten Treffpunkt. Es gab dort ein lautes Hallo der Gäste, so wie ein kräftiges Ständchen aller Teilnehmer der Party, zu Ehren von Sybille. Die Begrüßung, so wie die Gratulationen fielen stürmisch und liebevoll aus, denn alle Teilnehmer mochten die hübsche, zuverlässige und immer freundliche junge Frau aus Stuttgart, die dort in einer kleinen Zweizimmerwohnung wohnt.

Sybille liefen die Tränen, so gerührt war sie von dem Anblick der Familie und der vielen Freunde, die sie inzwischen, durch ihre Besuche in Südafrika, gewonnen hatte. Nachdem sie sich ein wenig fing, bedankte sie sich ganz herzlich bei allen Gästen, die zu ihrem runden Geburtstag kamen. Sie bedankte sich ebenfalls für die große und sehr gelungene Überraschungsparty, auf der ihr Schwager sogar eines seiner Lieblingskälber für ihr Fest geschlachtet hatte, so wie die wunderschöne Gestaltung der Party. Dabei schaute sie dankbar ihre große Schwester an und abermals liefen ihr die Tränen über ihr hübsches Gesicht, denn mit so einer tollen Überraschung rechnete sie nach dem bezaubernden Frühstück nicht mehr. Es wurde ganz ruhig und alle warteten auf weitere Worte von Sybille, der es aber vor lauter Freude die Stimme verschlug. Da meldeten sich die zwei süßen Schwestern Lina und Pia und teilten ihr in ihrer kindlichen lieben Art mit, wir haben auch geholfen. Daraufhin lachten alle und waren ganz gerührt von den zwei kleinen

Engeln. Sybille bedankte sich bei ihren zwei Nichten nochmals ganz lieb und alle klatschten laut und jubelten zu. Sybille war es etwas unangenehm in ihrem Overall die vielen Gäste zu begrüßen und zu umarmen, denn die Hitze und die harte Arbeit hinterließen deutliche Spuren auf der Arbeitskleidung und so eilte sie möglichst schnell in das Haus der Farm um zu duschen, sich chic zu machen und etwas frisches anzuziehen.

Als sie wieder gesteilt zu ihrer Geburtstagsparty kam, fielen den Herren fast die Augen aus dem Gesicht. Denn sie trug ein knallenges rotes Minikleid, mit einem großen Ausschnitt am Dekolletee, so dass ihre üppigen Brüste fast aus dem Kleid sprangen. Auf der Rückseite des tollen Kleides befand sich ein tiefer V-Ausschnitt, so dass auch ihr makelloser Rücken perfekt zur Geltung kam. Zu diesem erotischen Kleid trug sie knallrote High Heels, die ihre eh schon schlanken und langen Beine noch länger erschienen ließen. Ihre große Schwester fragte sie unauffällig, ob dies nicht etwas zu gewagt und für eine Grillparty overdressed wäre. Aber Sybille wollte sich unbedingt von ihrer schönsten Seite zeigen und genoss das Fest in vollen Zügen.

Die Gäste aßen von dem wohlschmeckenden Rindfleisch vom Spieß, dem würzigen Gemüse und lobten beim Verzehr den fantastisch leckeren schwäbischen Kartoffelsalat der Gastgeberin. Die Stimmung war super und der gute Wein des Weingutes floss in Strömen. Selbst die Gäste der Polizei konnte sich nicht zurückhalten und genossen im Übermaß.

Die rauschende Party ging weit nach Mitternacht und keiner der erwachsenen Gäste war mehr nüchtern. Sybille wurde müde und verabschiedete sich nochmals ganz dankbar bei ihren Gästen für ihr Kommen und die tolle Überraschungsparty. Aber so richtig bekam das hier auf dem Fest, in dem Zustand, niemand mehr mit. Sie verschwand leise, unauffällig und lief etwas schwankend zum Haus des Weingutes, um dort in ihr Gästezimmer zu gehen und einfach ins Bett zu fallen, denn dieser Tag war lang und die Arbeit im Weinberg anstrengend.

Ihre Gäste betranken sich weiter und unterhielten sich fleißig. Einer der Mitarbeiter des Weingutes fiel versehentlich in den Pool und alle erschraken ein wenig, weil sie befürchteten, dass er nicht mehr in der Lage war zu schwimmen. Weil er sich im Pool nicht bewegte, sprang sofort die Kommissarin hinein und zog den besoffenen Mitarbeiter raus. Ein weiterer Gast wollte dabei helfen u. fiel am Ende, durch ein dummes Missgeschick, selber hinein. Nach dem Schreck lachten alle und einer nach dem anderen sprang in den erfrischenden Pool. Das war das Ende der Party, denn so langsam ging die Sonne auf und durch die rasche Abkühlung kam der Verstand bei den meisten Gästen wieder zurück. Immer noch etwas benommen vom guten Rotwein, fuhren die meisten Gäste, trotzdem mit dem Auto nachhause. Die Kommissarin nahm die Familie Khumalo mit, weil diese kein eigenes Auto besaß. Die Familie Khumalo trank nicht so viel und konnte tatsächlich für ein paar Stunden ihre tiefe Trauer, wegen dem Verlust ihrer geliebten Tochter, ein wenig verdrängen. Sie waren sehr dankbar für die Einladung der Familie Häberle und den Fahrservice der jungen Kommissarin. Die Mitarbeiter des Weingutes liefen in ihre Unterkunft in das Arbeiterhaus und freuten sich, dass sie ausschlafen durften und den anschließenden Tag sogar frei hatten. Den ihr Chef genehmigte ihnen am Anfang der Party einen Tag Sonderurlaub für die gute Leistung der Mitarbeiter. Hier zeigte ihr guter Chef Herr Häberle wieder einmal seine gute und großzügige Art im Umgang mit seinen Mitarbeitern.

Der Morgen, bzw. der Mittag war hart für die meisten Partyteilnehmer, weil sie die Nacht durchgemacht hatten und der gesunde Schlaf fehlte.

Auf der Polizeiwache war der Chef Herr Jacobs zwar als erster anwesend, aber ihm brummte der Schädel noch von der Nacht und er musste eine Kopfschmerztablette nehmen, um irgendwie in den Tag zu kommen.

Er grinste innerlich ein wenig über sich selber, denn in seinem Alter trinkt man nicht mehr so viel und treibt sich nicht auf einer Party die ganze Nacht um die Ohren. Dennoch war er zufrieden und freute sich im Nachhinein über das tolle Fest, die netten Gäste und das erstklassige Essen und Trinken. Auf so einer Party war er schon lange nicht mehr, zumal ihn die Serienmorde immer noch nicht ganz aus dem Kopf gingen.

Die Kommissarin kam bester Laune, etwas später, auf das Polizeirevier. Ihr Chef grinste und meinte zu ihr, dass er in ihrem Alter so eine durchgemachte Nacht auch besser weggesteckt hätte, als in seinem jetzigen Alter. Die Kommissarin grinste freundlich und meinte etwas schelmisch zu ihm, gestern beim Sprung in den Pool sah er aber noch richtig gut aus. Beide mussten lachen und begannen mit der Arbeit.

Die Polizeibrüder Mofokeng waren lange vor ihrem Chef im Büro und längst auf der Routinefahrt mit ihrem alten Streifenwagen unterwegs.

Auf der "Old wine Farm" fing der Tag ebenfalls sehr spät an. Nur der Hund Max war zur gewohnten Zeit auf den Beinen,verhielt sich aber ruhig und wartete auf sein Frühstück, bzw. den morgendlichen Gang auf seine Hundetoilette.

Einer nach dem anderen torkelte schlaftrunken und immer noch übermüdet in den Frühstücksraum des Weingutes. Die Frau des Hauses stand als erste auf und bereitete ein leckeres Frühstück mit starkem Kaffee vor. Aber so recht hungrig war keiner der Teilnehmer am großen Tisch. Alle hingen ein wenig herum und nippten immer wieder an ihren Tassen mit dem starken Kaffee, um auf Touren zu kommen. Nur die kleinen Kinder Lina und Pia waren quicklebendig und wollten unterhalten oder gar bespaßt werden. Außer der Mutter hatte aber keiner die Nerven sich um die gut gelaunten Kinder zu kümmern.

Georg Häberle fragte seine Frau, "Wo ist denn das Geburtstagskind?" Seine liebe Frau meinte nur, "Lass sie ausschlafen, denn sie hatte gestern einen harten Tag." Weil sie aber auch neugierig war, schlich sie ein wenig später in ihr

Gästezimmer, um ihre kleine Schwester Sybille zum gemeinsamen Frühstück abzuholen. Sie wollte kein Licht einschalten, um ihre Schwester nicht zu erschrecken. Stellte aber gleich beim Öffnen der Tür fest, dass es im Gästezimmer so frisch riecht und wunderte sich, dass kein Alkoholgeruch im Zimmer lag. Dann rief sie ganz zart und leise "Sybille", weil es keine Reaktion gab rief sie ein zweites und drittes Mal, mit steigender Lautstärke.

Weil immer noch keine Reaktion von Sybille kam, schaltete sie schließlich das Licht ein und dachte sich, dann eben auf die harte Tour, dich kriege ich schon wach.

Anna Häberle erschrak leicht, als die das leere und frisch gemachte Bett im Gästezimmer sah. Sie fragte sich, ob sie wohl schon vor ihnen aufgestanden ist, oder ob sie gestern in ihrem angetrunkenen Zustand das Bett nicht fand und im Wohnzimmer auf dem Sofa, oder sonst wo eingeschlafen ist. Aus diesem Grund suchte sie das ganze Haus ab und als sie dort Sybille nicht fand, ging sie aus dem Haus, um im Garten, dem Arbeiterhaus, so wie der Scheune weiter zu suchen. Die Gelegenheit nutze Max und rannte mit aus dem Haus, um sein dringendes Geschäft schnell zu erledigen, denn es kümmerte sich keiner um ihn.

So langsam wurde Anna Häberle nervös, weil sie ihre kleine Schwester Sybille nirgends fand und sie eigentlich nicht so viel auf der Party getrunken hatte, um einen Blackout zu haben. Schnell rannte sie zurück in das schöne weiße Wohnhaus und rief in die Küche, in der sich noch alle Bewohner des Weingutes befanden. "Hat jemand Sybille gesehen? "Alle schüttelten, immer noch sehr müde, die Köpfe. Anna Häberle forderte alle auf sie auf dem ganzen Weingut zu suchen. Nicht dass sie irgendwo im freien zwischen den Weinreben liegt und ihren Rausch ausschläft. Denn so angetrunken sollte in Südafrika keiner nachts im Freien übernachten, zumal es hier immer wieder mal Raubtiere gibt, die auch durch die Weinberge streifen. Als sie ihre eigenen Worte hörte, bekam es

Anna Häberle mit der Angst zu tun und die Verzweiflung stand ihr buchstäblich im Gesicht.

Nach drei Stunden intensiver, aber erfolgloser Suche, beschloss die Familie, bei allen Gästen anzurufen die gestern auf ihrer Geburtstagsparty waren. Ihre Hoffnung lag darin begründet, dass Sybille vielleicht bei einem der Partygäste übernachtet hat und sich alles als ganz harmlos heraus stellt.

Natürlich rief sie auch auf dem Polizeirevier an, denn schließlich war der alte Polizeichef und seine junge Kommissarin auch auf der Geburtstagsparty. Keiner der Anrufe brachte jedoch den gewünschten Erfolg. So langsam verzweifelte die Familie Häberle und die Angst, dass etwas schlimmeres passiert sei trieb um sich.

Alle suchten nach der hübschen Sybille und fragten, ob irgendwer irgendwas vom gestrigen Geburtstagskind gehört oder gesehen hat. Das ging den ganzen Tag so, jedoch gab es kein Zeichen von Sybille.

Gleichzeitig saß die Polizei in ihrem kleinen Polizeirevier zusammen und überlegte, was sie im Team erreichen können. Sie beschlossen vorsichtshalber vorerst nur, dass die Brüder Mofokeng bei ihrer nun erweiterten Streife die Augen und Ohren offenhalten sollen und gezielt als vorbeugende Maßnahme die Bevölkerung nach irgendwelchen Hinweisen befragen. Weil der Serienmörder im Gefängnis sitzt, kann es sich hierbei nicht um so eine Tat handeln und in so einem kleinen Ort wie Alfalfa ist die Wahrscheinlichkeit nahezu bei null, dass nach drei Monaten des letzten Opfers sich hier ein neuer Täter befindet. So hilft die Polizei nur bei der Suche, ohne eine Vermisstenanzeige, denn dazu ist es bei Erwachsenen deutlich zu früh.

Nachdem es am nächsten Tag nicht die geringste Spur von Sybille gab, stellte die Familie Häberle eine Vermisstenanzeige bei der Polizei in Alfalfa. Die Kommissarin und der Polizeichef nahmen sich der Sache persönlich an, weil Sybille eine gute Freundin beider ist. Anna Häberle hatte große Angst, weil ihre kleine Schwester so hübsch und manchmal etwas naiv ist, dass sie vielleicht leichtsinnig war und deshalb in irgendwas hinein gerutscht ist. Beide Polizisten versuchten sie zu beruhigen und erklärten ihr, dass nichts zu befürchten sei, zumal der Serienmörder in Kapstadt im Gefängnis für "besonders schwere Fälle" einsitzt und sicher verwahrt ist. Frau Häberle traute der Sache nicht und hatte ein ganz schlechtes Gefühl im Magen und der täuschte sie noch nie. Letztendlich ließ sie sich etwas beruhigen und fuhr mit ihrem Gatten auf ihr Weingut zurück.

Nun war wieder akribische Polizeiarbeit gefragt. Die junge Kommissarin machte sich auf den Weg, um alle Personen, die Sybille das letzte Mal sahen zu befragen. Der Polizeichef Herr Jacobs telefonierte parallel mit der Polizeizentrale in Kapstadt, denn er wollte nicht wieder nach drei Tagen eine Leiche finden und schon gar nicht seine Freundin Sybille. Deshalb versuchte er frühzeitig maximale Unterstützung aus Kapstadt zu ordern. Der Polizeichef in Kapstadt teilte ihm aber mit, dass er alle zur Verfügung stehenden Kräfte vor Ort benötigt, weil hier schreckliche Unruhen wegen der Apartheid am Laufen sind und er selbst die Sicherheit in Kapstadt nicht mehr garantieren kann, weil die Polizei unterbesetzt ist. Er würde ihm sonst sehr gerne helfen, aber seine Hände sind leider auch gebunden, zumal die Person erst einmal nur vermisst ist. Herr Jacobs konterte, ich kann doch nicht warten bis wieder eine Leiche gefunden wird und die Polizei als Versager dasteht, es ist wirklich dringend, zumal er die vermisste Person persönlich kennt. Sie ist sehr zuverlässig und kommt aus Deutschland, wir müssen hier ganz dringend handeln. Haben sie denn gar keine Möglichkeit uns hier in Alfalfa in irgend einer Form zu helfen, ich bitte sie, es muss doch irgendetwas machbar sein und sie als Polizeichef von Kapstadt haben doch hier bestimmt Möglichkeiten.

Der Polizeichef gab nochmals zu verstehen, dass er hier, aus den genannten Gründen, nicht helfen kann. Herr Jacobs warf nochmals alles in die Waagschale, aber es half nichts. Dann fiel dem Polizeichef von Kapstadt ein, er könnte bei der Partnerstadt in Hamburg nachfragen, ob eventuell ein Kommissar zur Unterstützung nach Kapstadt abgesandt werden könnte. Denn die Partnerstädte halfen sich des Öfteren aus, sei es um sich auszutauschen oder die Mitarbeiter internationale Erfahrungen sammeln zu lassen. Herr Jacobs sah nun einen kleinen Lichtblick am Horizont und fragte, wann denn ein Kommissar aus Hamburg vor Ort in Alfalfa sein könnte. Ist es nicht schon viel zu spät bis der Kommissar aus Deutschland eintrifft. Der Polizeichef von Kapstadt versicherte Herr Jacobs, dass er sich sofort darum kümmern würde und ihm Bescheid gibt. Damit war das Telefonat beendet, obwohl Herr Jacobs stark daran zweifelte, ob er aus Kapstadt überhaupt irgendwelche Hilfe bekommt und es ihm am Ende so geht wie nach dem ersten Mord in Alfalfa.

Der Polizeichef nahm sich der Sache tatsächlich sofort an und telefonierte mit dem Polizeichef in Hamburg, um ihm alles zu erklären. Weil die zwei schon immer miteinander gut konnten, sagte der Polizeichef aus Hamburg sofort zu und versicherte ihm, dass mit dem nächsten Flugzeug aus Deutschland ein Kommissar für Kapstadt bereit gestellt wird. Die zwei betrieben noch ein wenig Small talk und beendeten schließlich das Gespräch.

Dem Polizeichef in Hamburg fiel sofort ein Kommissar ein, der schon einmal einen Einsatz in Kapstadt hatte und ließ sich von seiner Sekretärin, ohne direkten Umweg mit dem Kommissar seinem Vorgesetzten, telefonisch verbinden. Der Polizeichef teilte dem Kommissar Manfred Turm mit, dass er einen Sondereinsatz in Kapstadt hat und sofort mit dem nächsten Flugzeug nach Kapstadt fliegt, um die Polizeistation in Alfalfa beim Polizeichef Jacobs zu unterstützen.

Über Nacht flog der fünfunddreißigjährige Single Manfred Turm von Hamburg über Frankfurt nach Kapstadt und war schon am nächsten Morgen in Alfalfa vor Ort auf dem kleinen

Polizeirevier der Ortschaft. Der gutaussehende, schlanke, sportliche und sehr korrekte Mann war in der Polizeischule nicht der Beste, aber er ist absolut unbestechlich und loyal. Er versteht nicht immer alles sofort auf Anhieb und deshalb versendet ihn sein Chef in Hamburg immer gerne für Sonderaufgaben. Mit seinem schwarzen lockigen mittellangen Haar und dem angedeuteten Mittelscheitel wirkt er manchmal etwas trottelig und unkonzentriert, ist aber dafür ein sehr guter Schütze. Er erhielt schon viele Auszeichnungen bei den Schützenwettbewerben der Polizei in Hamburg. Der Kommissar Manfred Turm wohnt in Hamburg sehr nahe dem Polizeirevier in einer kleinen Zweizimmerwohnung.

Der Polizeichef in Alfalfa war sehr überrascht, dass wirklich und vor allem so schnell Unterstützung aus Deutschland kam. Herr Jacobs und die junge Kommissarin begrüßten Manfred Turm auf dem Polizeirevier in Alfalfa und teilten ihm alles zur Vermisstenanzeige von Sybille mit. Er hörte nicht so ganz konzentriert zu, weil er immer wieder die junge und hübsche Kommissarin anschauen musste. Anschließend wurde ihm sein Zimmer gezeigt, dass auf der Rückseite der Polizeistation lag und er dies so lange bis zur Aufklärung der Vermisstenanzeige benutzen darf.

Der Polizeichef Herr Jacobs fragte die Kommissarin und die zwei Brüder Mofokeng ob etwas bei ihren bisherigen Ermittlungen / Recherchen heraus kam. Alle schüttelten den Kopf und verneinten dies. Die Kommissarin teilte nochmals allen mit, dass die Vermisste keiner mehr gesehen hatte, nachdem sie auf ihrer Geburtstagsparty zum Haus ging, um dort in ihrem Gästezimmer sich schlafen zu legen. In ihrem Zimmer kam sie scheinbar nie an.

Die Kommissarin hatte Angst, denn die ersten drei Tage nach dem Verschwinden der Vermissten Person sind fast vorbei und bei dem Serienmörder wurden zu diesem Zeitpunkt die jungen Frauen, nach den grausamen Vergewaltigungen, ermordet und entsorgt. Wir müssen uns beeilen, um sie noch zu finden, bevor wieder ein Mord geschieht. Dabei schaute sie alle Polizisten und den Kommissar aus Deutschland, mit ernster und entschlossener Miene, an. Wobei sie den Augenkontakt mit Manfred Turm nicht lange stand hielt.

Die Polizei arbeitete auf Hochtouren und machte Überstunden, um möglichst schnell Sybille zu finden. Aber auch in den nächsten Tagen gab es keine heiße Spur, die zur Vermissten führte und die ganze Stadt war wieder in Aufruhr, weil es vielleicht noch so einen Perversen unter ihnen gab. Kein Bürger traute mehr dem anderen und wenn es dunkel wurde ging keiner mehr auf die Straße. Die Bewohner blieben lieber Zuhause und verriegelten ihre Häuser und Wohnungen.

Ähnliche Stimmungen machten sich auch auf dem Weingut "Old wine Farm", dem Campingplatz "Camping Lakeside" und auf der "Forrest lodge" breit. Es blieben die Gäste aus der Nähe aus, nur noch Besucher aus der Ferne, die von allem nichts mitbekamen, besuchten die Unterkünfte. Die Unternehmer machten Verluste, nur auf der "Old wine Farm" stieg wieder der Umsatz, weil die Bewohner zur Flasche griffen und ihren Kummer versuchten damit zu ertränken.

Es war eine schreckliche und gespenstische Zeit, weil alles so sehr im Ungewissen lag und die nackte Angst um sich trieb, wer wohl der nächste ist, der in Alfalfa auf unbekannte Weise verschwindet.

Frau Anna Häberle machte sich selber die größten Vorwürfe, weil sie die Überraschungsparty zu Sybilles dreißigsten Geburtstag organisiert hatte und ihr deshalb vielleicht etwas Furchtbares zugestoßen ist. Ihr sonst so sonniges Wesen verblasste und sie lag oft in den Armen ihres Mannes um sich die Seele aus den Augen zu weinen. Sie litt so sehr unter dem Verschwinden ihrer kleinen Schwester, dass sie kaum noch in der Lage war ihren täglichen Arbeiten nachzukommen. Ihre zwei kleinen und süßen Töchter verstanden die ganze Situation in ihrem Alter noch nicht und waren ganz leise und verstört, weil es der Mutter so schlecht ging. Selbst der Hund spürte die traurige Lage in der Familie, die durch die vermisste Sybille entstanden ist und er verhielt sich ganz unauffällig und ruhig. Georg Häberle stürzte sich wie ein verrückter in die Arbeit auf seinem Weingut, um so die unerträgliche Situation überhaupt zu ertragen.

Die schöne Sybille blieb noch viele Tage nach dem Verschwinden unauffindbar und es änderte sich nichts in der Situation. Der Familie Häberle ging es deshalb täglich schlechter, zumal sie auch ihre Mutter und ihren Vater in Deutschland über den schrecklichen Vorfall informieren mussten. Die alten Menschen waren geschockt, als sie das erste Mal am Telefon davon hörten. Ihre Mutter hatte den Hörer in der Hand und ihr Kreislauf brach zusammen. Der Vater musste dann beim zweiten Telefonat an den Festnetzapparat, weil zu befürchten war, dass sich die Mutter noch weiter aufregt und dies womöglich in einen Herzinfarkt oder ähnlichem endet. Die Eltern beider Geschwister machten der älteren Tochter keinerlei Vorwürfe, weil sie es verstanden, dass sie ihrer jüngeren Schwester Sybille nur eine Freude mit der Geburtstagsparty machen wollte. Ihre Sybille war doch so gerne in Südafrika auf dem Weingut ihrer großen Schwester und freute sich täglich an der Arbeit, der Landschaft, den Tieren und der Herzlichkeit der Menschen in dieser Gegend von Alfalfa am Brandfleidam. Aber dennoch wurde die Situation, durch die Ungewissheit täglich schlechter und die Nerven aller lagen blank. Es genügte eine harmlose Kleinigkeit und in den Familien brach Streit aus oder es wurde geweint. Dennoch hielten sie zusammen, um diese Situation irgendwie zu ertragen.

Auf der "Forrest lodge" blieben die Gäste aus dem nahen Umland weiter aus und so konnte die Familie Schäufele sich um die Besucher aus dem Ausland etwas intensiver kümmern. Peter Schäufele ging oft mit seinen Gästen wandern oder spazieren, um ihnen die Schönheit dieser Ecke von Südafrika zu präsentieren. Es machte ihm immer Freude dieses schöne

Stück Land in Südafrika zu zeigen und es hatte den Vorteil, dass Fritz, sein schöner Dobermannrüde immer genug Auslauf hatte, denn der war stets dabei. Diesen Hund zu beobachten, wie elegant er vorauslief und immer wieder sich zu seinem Herren umschaute, um zu prüfen, ob wirklich alle dabei sind, machte Peter Schäufele sehr glücklich. Er liebte dieses Tier, denn er war ein Freund fürs Leben und absolut zuverlässig, gehorsam und treu. Dieser Hund verstand es ganz genau zu erkennen, wer ein Gast im Hotel war oder ein Fremder, der mit äußerster Vorsicht und Distanz erst mal in Augenschein genommen werden musste.

Die Hotelgäste gewöhnten sich sehr schnell an diesen angenehmen Hund und verwöhnten ihn gerne mit Streicheleinheiten. Wenn sie zweifelhafte Personen auf ihren Ausflügen trafen, was äußerst selten vorkam, dann knurrte der Hund und stellte sich vor Peter Schäufele und seine Gäste, um sie sichtbar zu beschützen. Dadurch traute sich kein Halunke näher an die Gruppe heran und alle konnten sich sicher fühlen, so dass sie von niemandem überrascht wurden.

Die Polizei von Alfalfa und der Kommissar aus Deutschland fingen nun an die Suche und Umfrage etwas weiter auszudehnen, weil sie im näheren Umfeld keinen Erfolg hatten. Sie suchten am Brandfleidam, im Haweqwa Naturreservat und dem Gebiet bis in den Riviersonderend Naturreservat. Aber weder in irgendwelchen Höhlen oder vereinzelten Hütten die es in den Reservaten gab, war irgendeine Spur von Sybille zu finden. Das Gebiet in den Waldflächen der Reservate ist teilweise unbegehbar und sehr zerklüftet, so dass es schwierig ist hier alles gut abzusuchen. Weil dies die dritte vermisste Person in den letzten paar Monaten ist und zwei davon ermordet wurden, bekam Alfalfa auch von Kapstadt eine entsprechend erhöhte Aufmerksamkeit. Aus diesem Grund wurden immer wieder Suchtrupps von Kapstadt bereitgestellt, die mittels Polizeieinheiten und Metallstangen den Boden im Gelände durchsuchten. Aber auch diese Großeinsätze blieben erfolglos und wurden zunehmend weniger, weil die Chancen die vermisste Sybille zu finden immer geringer wurden.

Nur der Polizeichef von Alfalfa und seine kleine Truppe blieben hartnäckig an diesem Fall dran, zumal sie sogar Unterstützung durch den Kommissar Manfred Turm erhielten. Der mit der Gründlichkeit eines Deutschen an die Sache ging und gleichzeitig viele gute Ideen in das Polizeiteam des Ortes brachte. Sie ließen sich u.a. alle bekannten Hütten in den Wäldern öffnen und von den Besitzern zeigen. So besichtigten sie auch routinemäßig die Hütte des Poolboys im Rivier-sonderend Nationalpark, der unter anderem einer der letzten Menschen war, die Sybille auf ihrer Geburtstagsparty sahen. Der Kommissar Manfred Turm fragte den Besitzer noch, warum diese kleine Holzhütte den so ein massives Fundament aus Beton hätte und ob da vielleicht noch ein Keller darunter wäre. Die Kommissarin fand diese Frage total überflüssig, konnte sich nicht beherrschen und musste lachen. Bevor der Besitzer dies verneinte, sagte sie, man sieht doch, dass es hier keinen Keller gibt und außerdem, was soll mitten im Wald so eine kleine Hütte einen Keller haben. Nach diesen flapsigen Bemerkungen seiner Kollegin und der anschließenden Antwort des Besitzers stellte der Kommissar aus Deutschland seine Fragen in dieser Richtung ein, obwohl er den Verdacht hatte, hier könnte sich ein Keller befinden.

Peter Schäufele war mit einem deutschen Langzeitgast im Wald unterwegs, um diesmal neue Wege für seine Gäste zu erkunden und brachte dafür kleine unauffällige Kunststoff-markierungen an die Baumstämme des Pfades an. Damit seine Gäste auch ohne ihn den schönen neuen Rundweg im dichten Wald, weit hinter seiner Lodge, selbstständig wandern können. Dieser Weg ist nichts für träge Spaziergänger, sondern nur für solche aktiven Wanderer wie sein fitter deutscher Langzeit-urlauber. Er war froh, dass er zusammen mit seinem Gast die neue Wanderstrecke entdeckte und markierte. So genoss er die Unterhaltung in deutscher Sprache und die Hilfe zugleich, denn der rüstige und erfahrene Wanderer half ihm sehr gerne und freute sich, so wie Peter Schäufele, ebenfalls über den freundlichen Begleiter Fritz.

Als kleines Dankeschön hatte Peter Schäufele in seinem Wanderrucksack eine gute Flasche Rotwein von seinem Freund Georg Häberle und ein frisches Brot, so wie einen leckeren Schinken und ein Stück Käse eingepackt. Den er auf der Tagestour mit dem hilfsbereiten Langzeitgast zusammen Vespern will. Wie man in Peters schwäbischen Heimat sagen würde. Nachdem die drei schon den halben Tag unterwegs waren, wurde der Rucksack geplündert und auf einer ganz kleinen Lichtung gemütlich gegessen und der kräftige Rotwein getrunken. Die Weinflasche war deutlich größer als die Handelsübliche Version, trotzdem wurde der würzige und starke Wein aus der Flasche relativ schnell getrunken. Natürlich bekam Fritz, als kleine Belohnung, auch ein Stück vom leckeren Schinken. Weil es auf dieser kleinen Lichtung so warm war, sie schon weit gelaufen sind und der Magen voll, so wie der Kopf durch den Wein ein wenig schwerer, nickten die zwei kurz ein.

Plötzlich werden die zwei erschöpften Wanderer aus ihrem gemütlichen Nickerchen gerissen, weil der Dobermann Fritz sehr laut, nervös und aggressiv bellt. Peter Schäufele schaut sofort nach seinem Hund und erkennt weder Wanderer noch Wildtiere oder sonst irgendetwas, was den Hund beunruhigen könnte. Der erste Schreck legte sich bei ihm und er rief seinen treuen Hund zu sich, der zeigte aber keinerlei Anzeichen von Gehorsam, sondern bellte ganz nervös auf der Stelle weiter. Auch bei weiteren Rufen seines Herrchens folgte der Hund nicht, bis die zwei Wanderer letztendlich aufstanden und die rund dreißig Meter zum Fritz liefen. Der Dobermann stand hinter der ersten Baumreihe, nach der kleinen Lichtung im Wald. Bereits zehn Meter vor dem Hund fing es furchtbar an zu stinken und ein paar Meter weiter war deutlich zu erkennen, woher dieser intensive und furchtbare Geruch kam.

Es wurde Fleisch aus der Erde frei gebuddelt, vermutlich hat ein Raubtier hier sein Opfer vergraben und kam regelmäßig zum Fressen wieder her. Das ist für einige Raubtiere in Afrika ein übliches Verhalten, deshalb zog Peter Schäufele seinen Hund mit Gewalt weg, damit er Ruhe gibt und nichts von dem halbvergammelten Fleisch frisst. Weil der Hund partout nicht von dem Gammelfleisch weg wollte und sich mit all seiner Kraft sträubte, wurde dadurch weitere weiche Walderde weggeschoben. Peter Schäufele war leicht gereizt und schimpfte mit seinem, sonst so gehorsamen und treuen, Hund Fritz. Bei dem Gerangel wurde immer mehr Erde freigelegt und ein menschlicher Finger schaute aus dem lockeren Waldboden. Die zwei Männer erkannten dies sofort und schoben behutsam die frische Walderde zur Seite, bis sie den Leichnam einer weißen Frau erkannten, dessen Eingeweide komplett weg-gefressen wurden. Weil Peter Schäufele eine Vorahnung hatte, diese aber bestätigt haben wollte, legte er das Gesicht dieser jungen, schlanken und vollbusigen Frau, mit zitternden Händen, frei. Die Tränen schossen aus seinen Augen. liefen wie ein Rinnsal über sein blasses und verkrampftes Gesicht, als er dieses wunderschöne Gesicht der Frauenleiche in der Erde erkannte. Es war Sybille. Einen kurzen Moment war er handlungsunfähig, lobte seinen Hund und holte das Handy raus, um bei der Polizei den furchtbaren Fund zu melden. Er gab den Kommissaren in Alfalfa die genauen Koordinaten durch, so dass sie es leicht hatten den Fundort der Leiche von Sybille zu finden. Erst jetzt wurde den beiden Wanderern klar, was hier wirklich geschehen ist. Beide warteten vor Ort bis zum Eintreffen der Polizei von Alfalfa.

Auf der kleinen Polizeiwache in Alfalfa war Hektik angesagt, denn die gesamte Mannschaft eilte zum Fundort. Die Kommissare bildeten mit dem Polizeichef die Vorhut, um den Fundort schnell zu sichern und erste Erkenntnisse zu sammeln. Die Polizeibrüder Mofokeng warteten am Waldrand, um auf die Spezialisten aus Kapstadt zu warten und ihnen den Weg zuweisen, so wie diese zu unterstützen.

Schnell sicherte die junge Kommissarin vor Ort den Tatort um die Leiche mit rot-weißem Kunststoffband und einen zweiten weitläufigen Ring großzügig um den Fundort. So dass keiner die Spuren verwischen kann und die Spezialisten aus Kapstadt in Ruhe arbeiten können. Parallel befragte Manfred Turm die zwei Wanderer vor Ort und notierte alles ganz akribisch in seinem kleinen schwarzen Buch, dass er stets bei sich trug. Der Polizeichef Herr Jacobs koordinierte den Einsatz und hielt den Kontakt zu den Spezialisten aus Kapstadt und den zwei Brüdern von seiner Wache.

Erst als alle Polizeiarbeiten auf der kleinen Lichtung vor Ort erledigt waren und nur noch auf die Polizisten aus Kapstadt gewartet wurde, brachen die Gefühle bei den Polizisten aus Alfalfa aus. Dem Polizeichef und der Kommissarin stand das Wasser in den Augen und sie mussten immer wieder einzelne Tränen mit der Hand wegwischen. Nur der Kommissar aus Deutschland war hier robuster, aber er hatte auch nicht die persönliche Beziehung zur jungen Sybille und konnte deshalb die Angelegenheit nüchterner als seine Kollegen sehen.

Nach geraumer Zeit trafen die Spezialisten aus Kapstadt ein und die Brüder Mofokeng empfingen sie am Waldrand. Sofort fuhren die Ortskundigen Brüder den Trupp aus Kapstadt zum Fundort und halfen beim Tragen der Gerätschaften und der Koffer, über die kleinen Pfade zur Fundstelle.

Nach einer kurzen Begrüßung und dem Austausch der Daten und Fakten startete die Spezialeinheit mit ihrer Arbeit. Zuerst wurde alles Drumherum ausgiebig fotografiert und untersucht, danach arbeiteten sie im inneren Kreis um die Leiche. Erst ganz zum Schluss wurde die Leiche freigelegt und noch am Fundort fotografiert, dazu standen überall kleine Kunststoff-schilder mit Nummern.

Anschließend stellten alle Beteiligten die Daten zusammen und notieren diese, weil die Kommissarin durch die Vermissten-anzeige alles vorliegen hatte. Die Leiche der jungen und hübschen Sybille war noch recht gut erhalten. Nur die Inner-reien wurden von den wilden Tieren gefressen und vor allem deshalb war es für die Polizisten, die Sybille nicht kannten, so ein grausamer Anblick. Der Doktor meinte, die nackte weiße Leiche wurde bestimmt erst vor ein paar Tagen hier vergraben und gab schon eine erste grobe Aussage zum Zeitpunkt des Mordes. Es war wieder genau drei Tage nach dem Verschwinden der vermissten Person. An ihrem Oberkörper waren viele Kratzsputen und im Gesicht zusätzlich ein paar dicke Blutergüsse zu erkennen. Die teilweise abgebrochenen Fingernägel und die vielen Kratzwunden deuteten auf einen Kampf hin. Mehr konnte auf den ersten Blick nicht erkannt werden. "Die genauen Details der Ursache des Todes muss noch in meiner Praxis bzw. in der Leichenhalle von Alfalfa untersucht werden."

Das Spezialistenteam aus Kapstadt übernahmen die restliche Arbeit mit dem Abtransport der Leiche und der detaillierten Obduktion. Die Polizeibrüder halfen wieder tatkräftig beim Abtransport der Gerätschaften und Taschen. Dann ging jeder wieder seiner Arbeit nach.

Später obduzierte der Doktor, dass tatsächlich die junge hübsche Sybille in der genannten Nacht, in der Erde neben der kleinen Lichtung, vergraben wurde. Sie war bereits kurz vor dem Begraben schon Tod. Es fanden mehrere Kämpfe in den letzten drei Tagen vor ihrem Tod statt, so wie die Blutergüsse und Platzwunden auf ihrem Körper und in ihrem Gesicht zeigen. Zudem sprechen die abgebrochenen Fingernägel auf eine körperliche Auseinandersetzung. Auch hier wurden in der Scheide und dem After starke Verletzungen festgestellt, die auf eine mehrfache, über drei Tage lange, immer fortlaufende Vergewaltigung hinweisen. Leider sind keine Spermaspuren zu finden, vermutlich hat der Täter Kondome verwendet. Es wurden keine Blutspuren oder Haare vom Täter am Tatort gefunden. So dass eine Identifikation über diese Spuren leider ausgeschlossen werden muss. Die genaue Todesursache erfolgte durch eine Überdosis Kokain, die ihr ganz unauffällig in den Hinterkopf, mitten in die Haare, injiziert wurde. Unter den Fingernägeln waren viele Partikel von Betonzement und Holzsplitter zu finden. Was vermutlich durch den Kampf während der Entführung und / oder der mehrfachen Vergewaltigung aufgenommen wurde. Dies war nun die offizielle Obduktion des Doktors aus Kapstadt.

Anschließend wurde alles im Leichenschein und der Polizeiakte, mit den Fotos und Beweismaterialien am Fundort, dokumentiert.

Die Spezialisten aus Kapstadt und die Polizei von Alfalfa, so wie der Kommissar aus Deutschland berieten sich nochmals im Büro der kleinen Polizeistation. Kommissar Manfred Turm übernahm die Rolle des Redners und des Protokollanten, weil er hier vor Ort noch relativ unbelastet und neutral den Fall bewerten kann. Er fasste zusammen, dass die genaue Todesursache wieder eine Überdosis Kokain war, die dem Opfer unauffällig in den Hinterkopf, mitten in die Haare, injiziert wurde. An exakt der gleichen Stelle, wie der ersten Frauenleiche vom Brandfleidam und der zweiten Frauenleiche, die am Bachlaufim Haweqwa Naturreservat gefunden wurde. Auch hier wurden wieder unter den Fingernägeln, wie bei allen drei ermordeten Frauen, die gleichen Partikel von Betonzement und Holzsplitter nachgewiesen. Was sicherlich durch den Kampf während der Entführung und / oder der mehrfachen Vergewaltigung aufgenommen wurde. Und ganz Sicher ist es der gleiche Tatort, weil die Materialien unter den Fingernägeln aller Frauen dies eindeutig beweisen. Alle drei Frauen wurden drei Tage anal und vaginal mehrfach Vergewaltigt und anschließend durch eine Überdosis ermordet.

Auffallend ist auch, dass es immer junge, schlanke, vollbusige und sehr hübsche Frauen aus Alfalfa sind. Diese entweder hier leben, oder zu Besuch sind. So viele Zufälle gibt es nicht, deshalb ist es immer noch der gleiche Serienmörder, der hier in Alfalfa oder der näheren Umgebung frei herum läuft und vermutlich wieder in drei Monaten zuschlagen wird. Wir müssen so schnell wie möglich diesen perversen Frauen-serienmörder finden, sonst gibt es wieder eine Frauenleiche.

Alle Polizisten waren der gleichen Meinung wie der Kommissar aus Deutschland. Der Polizeichef Jacobs ergänzte noch, der Mörder kann nicht Bokamoso Mahlangu sein, weil dieser Mann im Gefängnis für "besonders schwere Fälle" in Kapstadt sitzt. Hier muss sich die Justiz in Kapstadt geirrt haben.

Der Polizeibericht wurde von Manfred Turm fertig gestellt und von allen Anwesenden einvernehmlich unterschrieben. Danach wurden noch ein paar Details zum weiteren Vorgehen besprochen und die Polizei aus Kapstadt verabschiedet. Die Kollegen aus Kapstadt wünschen noch viel Erfolg und boten jederzeit ihre Unterstützung an, bevor sie das Büro verließen. Der Polizeichef von Alfalfa bat anschließend, die Polizisten von Alfalfa und den Kommissar aus Deutschland, im Büro zu bleiben. Er sprach nochmals deutlichen Klartext zu den Morden und wurde sogar laut, was für Herrn Jacobs sehr ungewöhnlich ist. Anschließend verteilte er alle weiteren anstehenden Aufgaben. Laut sagte er noch in den Raum: "Wir müssen dieses Schwein schnellstens finden, um ihn dingfest zu machen".

Am späten Abend stand der alte Polizeichef und seine junge Kommissarin, so wie der Kommissar aus Deutschland vor dem Haus der Familie Häberle auf der "Old wine Farm" und klopften vorsichtig an der Eingangstür. Alle Familien-mitglieder waren dort versammelt, bis auf die zwei kleinen Kinder. Herr Häberle öffnete die Tür und als er die drei Polizisten zu so später Stunde sah, erschrak er und ihm war sofort klar, dass dies absolut nichts Gutes bedeuten kann. Dem Familienvater flossen schlagartig die Tränen aus den Augen-winkeln und sein Gesicht verkrampfte sich und wurde blass, weil er instinktiv spürte, dass die Nachricht seiner Schwägerin Sybille, zu ihrem Tod, gleich mitgeteilt wird.

Die drei Polizisten traten in das Haus und Frau Häberle sah sofort was los war.

Der Polizeichef Herr Jacobs schaute seine Kollegen an und brach das Schweigen im Raum, denn er als ältester und Polizeichef sah sich in der Pflicht die Familie über das tragische Schicksal bezüglich Sybilles Tod sachlich, nüchtern und äußerst freundlich zu berichten. Er hatte ganz feuchte Augen und das Reden fiel ihm sehr schwer, weil er innerlich so von Gefühlen gequält wurde. Die Kommissarin hatte ebenfalls ganz feuchte Augen und litt mit ihrem Chef. Der Kommissar Manfred Turm bemerkte dies sofort und ergriff die Initiative. Er informierte allein der sachlichen und ruhigen Art wie es von einem Profi der Polizei erwartet wird. Dies konnte er aber nur, weil er weder zur Familie Häberle, noch der ermordeten Frau eine persönliche Beziehung hatte.

Herr Häberle holte eine gute Flasche Whisky aus seiner Bar und schenkte jedem ein großes Glas ein. Alle leerten diese auf Anhieb und bedankten sich für die hilfreiche Aufmerksamkeit in dieser traurigen und ernsten Situation. Nun erst konnte auch die große Schwester reden und verpflichtete sich ihre Eltern selber telefonisch zu informieren. Weil sie vermutlich die einzige ist, die ihren und Sybilles Eltern diese schlechte Nachricht übermitteln kann, ohne dass ihre Mutter oder ihr Vater zusammen bricht.

Der Polizeichef versprach der Familie Häberle, dass es Gerechtigkeit geben wird und wir von der Polizei den Täter finden und er vor ein ordentliches Gericht gebracht wird und seine gerechte Strafe erhält. So dass es nie wieder so einen Fall geben wird, denn das sind wir Sybille und den anderen zwei jungen Frauen von Alfalfa schuldig.

Der Polizeichef bat alle im Raum nochmals nachzudenken und ihm oder den Kommissaren mitzuteilen, wenn jemand etwas auffälliges sieht oder sonstige Hinweise zur Aufklärung des Mordes einfällt. Er betonte nochmals, keine Alleingänge, nur mit der Polizei gilt es zu handeln. Er übergab noch seine Visitenkarte, danach verließen die drei Beamten das Haus und fuhren in den Ort Alfalfa zurück.

Auch nach einer weiteren Woche fand die Polizei den Täter nicht, trotz der intensiven Recherche der hochmotivierten Kommissare und des Polizeichefs. Ebenso wenig gab es keine neue heiße Spur zum Täter.

Manfred Turm fiel bei den vielen Vernehmungen jedoch auf, dass der Poolboy einen verkratzen Oberkörper und Gesicht hatte. Der Poolboy begründete dies mit einem Unfall beim Joggen, wobei er in einen Dornenstrauch stürzte. Die Kommissarin glaubte ihm sofort, zumal er das Alibi des Polizeichefs und der Kommissarin, so wie allen Teilnehmern auf der Geburtstagsparty hatte. Manfred Turm notierte wie immer alles in seinem schwarzen Notizbuch und glaubte dem Sonnyboy aus England nicht. Er nahm sich vor ein Auge auf ihn zu werfen. Denn beweisen konnte er das Gegenteil nicht.

Frau Schäufele teilte, wie versprochen, den Tod von Sybille ihren Eltern schonend mit. Soweit man so eine Nachricht überhaupt schonend mitteilen kann. Trotzdem brachen sie geistig und körperlich zusammen. Ihre Eltern waren schon gesundheitlich angeschlagenen, aber beide wollten unbedingt nach Kapstadt fliegen, um ihre jüngste Tochter die letzte Ehre zu erweisen. Die Familie beschloss, dass Sybille in ihrem Lieblingsland Südafrika beigesetzt wird. Weil sie sich hier besonders wohl fühlte und glücklich war, zudem lebt ihre große Schwester hier und kann sich langfristig um das Grabkümmern.

Der Leichnam wurde zur Beerdigung freigegeben und die Beisetzung erfolgte auf dem kleinen Friedhof von Alfalfa. Es war eine große Beerdigungsgesellschaft, denn durch die Beliebtheit von Sybille in Alfalfa und seiner Umgebung kamen sehr viele Bürger und Freunde, um der Trauer beizuwohnen. Sie fand dort ihre Ruhe und den Frieden gleich neben den zwei ermordeten jungen Frauen von Alfalfa. Weil sie das gleiche Schicksal erlitten wie Sybille, war dies der Wunsch der Eltern und ihrer Schwester. Die traurige Zeremonie der Beerdigung wurde nach dem konservativen deutschen Konzept ausgeführt.

Auf der Beerdigung nahm der Kommissar aus Deutschland die Hand der jungen Kommissarin Lesedi, um sie zu trösten und ihr zu helfen die Zeremonie besser zu ertragen. Dabei schauten sie sich öfters kurzfristig und tief in die Augen, aber beide konnten den Blicken nicht lange stand halten.

Die Eltern von Anna Häberle blieben ein paar Wochen in Alfalfa bei Kapstadt, um ihrer älteren Tochter moralisch beizustehen und ein wenig bei der Arbeit im Haushalt und dem Weingut zu helfen. Dabei verstanden sie immer besser, warum es Sybille hier so gut gefiel, denn sie empfanden so wie Sybille und ihre ältere Tochter. Am liebsten wären sie auch hier geblieben, dann könnten sie immer ihre Familie und die zwei süßen Enkelkinder aufwachsen sehen. Aber schon aus gesundheitlichen Gründen, der Sprache und wegen anderen Barrieren flogen sie wieder in ihre Heimat nach Deutschland, um dort in der gewohnten Umgebung zu leben.

Die Polizei in Alfalfa arbeitet im Hintergrund weiter und sucht immer noch den dreifachen Serienmörder. Leider ohne eine heiße Spur, denn alle die Sybille das letzte Mal sahen haben gleich mehrfache Alibis. Keiner der vielen Teilnehmer auf ihrer Geburtstagsparty ging früher, also bevor Sybille in das Haus des Weingutes schlafen gehen wollte. Sie ging auch alleine, keiner folgte ihr scheinbar. Also musste der Täter sieheimlich vor dem Haus abgefangen haben, oder Sybille überlegte es sich kurzfristig und lief noch ganz wo anders hin. Eine weitere Variante wäre, dass der Täter sie irgendwo auf dem Weingut festhielt, ohne dass es jemand bemerkte und dann erst später mitnahm. Aber wo hält man unbemerkt einen Menschen so lange fest, dass war die Frage, die sich in dem Fall alle auf dem Polizeirevier stellten. Waren es vielleicht sogar zwei oder mehrere Täter, die Hand in Hand diese

Entführung, so wie die Entführungen davor planten? Ist es gar ein Ring von Kriminellen, die junge hübsche Frauen fangenentführen und entweder selber vergewaltigen oder diese Opfer an perverse Kunden vermieten? Gibt es eine zentrale Stelle, wo die Frauen festgehalten werden und die Vergewaltiger sich jeweils drei Tage lang vergnügen, womöglich gegen Bezahlung. Dafür spricht auf jeden Fall die gleichen Materialien die sich bei allen drei Frauen unter den Fingernägeln befinden.

Wurden die Opfer womöglich weiteren Perversen zugeführt oder gegen Bezahlung die endgültige Todesspritze gegeben? Es muss jemand sein, der sich mit Drogen auskennt und Zugang dazu hat. Womöglich ein Arzt, Krankenpfleger, Sanitäter oder doch ein Drogenabhängiger? All diese vielen Fragen sind unbeantwortet und müssen dringend geklärt werden, um den Täter zu finden.

Der oder die Verbrecher müssen aus Alfalfa oder der näheren Umgebung kommen, denn die jungen Frauen wurden alle in der Umgebung von Alfalfa entführt und nach den Vergewaltigungen "Entsorgt". Der oder die Täter müssen Kampfspuren davongetragen haben, mindestens Kratzspuren, Beulen, Blutergüsse oder Prellungen. Aber außer dem Poolboy hatten sie bei keinem Kampfspuren entdeckt. Der Mann hatte gute Ausreden und wasserdichte Alibis. Wer kann es noch sein ? Diese Frage geht Tag und Nacht durch die Köpfe der Mitarbeiter des Polizeireviers Alfalfa.

Das Leben in der Kleinstadt Alfalfa geht weiter, die hässlichen Narben der Vergangenheit verblassen langsam und es nähern sich die drei Monate. Jeder auf der Polizeistation wurde immer unruhiger, denn bisher waren immer drei Monate vergangen, bis die nächste Entführung stattfand. Danach wurden die Opfer drei Tage lang auf grausamste Weise vergewaltigt und durch die Todesspritze, mit einer Überdosis Drogen in den Hinterkopf ermordet und anschließend "Entsorgt".

Die Polizei in Alfalfa arbeitete einen genauen Plan aus, wer alles ganz genau beobachtet werden musste, wenn die drei Monate anbrechen und sie hofften so den Täter, oder die Täter, finden zu können. Alle gingen davon aus, dass die Verbrecher einen noch so kleinen Fehler machen und dadurch erwischt werden. Die Frage stellte sich dennoch, werden die richtigen Personen beschattet, denn mit dem wenigen Personal das in Alfalfa der Polizei zur Verfügung stand, kann nur ein sehr geringer Bruchteil der vermutlichen Täter beobachtet werden.

In Kapstadt kam inzwischen der Antrag der zweifachen Schuld der Vergewaltigung und des Mordes durch Bokamoso Mahlangu erneut vor einen anderen Staatsanwalt und Richter, um erneut bearbeitet zu werden. Man wollte hier den Prozess nochmals komplett neu und neutral aufrollen. Denn auch das Gericht sah ein, dass der Verurteilte Bokamoso Mahlangu zumindest nicht für drei Serienmorde schuld sein konnte, weil er zu dieser Zeit des dritten Mordes bereits im Gefängnis saß. Weil alle Details des Serienmordes eine ganz einheitliche und gleiche Sprache sprechen, liegt der Verdacht nahe, dass hier der falsche Mann verurteilt wurde, zumal Bokamoso Mahlangu eine leichte geistige Einschränkung hatte und komplett nervlich am Ende war.

Seit ein paar Tagen hat die Familie Dlamini, genauer gesagt Karin Dlamini Besuch aus Deutschland von ihrer kleinen Schwester Petra. Frau Dlamini wollte nicht, dass ihre hübsche dreißigjährige Schwester nach Südafrika auf ihren Camping-platz zu Besuch kommt, weil sie Angst hatte, dass ihrer Schwester etwas passieren könnte. Denn sie passte ganz genau in das bisherige Opferschema von Alfalfa, den Morden am Brandfleidam. Petra hat langes glattes und superblondes Natur-haar, ein ganz zierliches und hübsches Engelsgesicht mit feinen Konturen und einer kleinen Stubsnase, ist schlank und sportlich, ihr schöner Busen ist jedoch ein wenig zu groß für ihren zier-lichen Körper mit Körbchengrösse D. Sie lebt in Köln in einer schönen gemütlichen, aber dennoch modernen Zweizimmer-wohnung. Die Singlefrau kommt mindestens einmal pro Jahr zu Besuch ihrer älteren Schwester auf den Campingplatz "Camping lakeside" am schönen Brandfleidam. Petra meinte zu ihrer Schwester, in ihrer naiven und leichtgläubigen Art, "Es ist doch eh nichts los auf dem Campingplatz, dann kannst du ja auf mich aufpassen." Sie fand das lustig und witzig, erkannte nicht den Ernst der Lage, hier in Südafrika in Alfalfa. Ihre ältere Schwester konnte drüber nicht lachen und verstand die Uneinsichtigkeit von Petra nicht. Petra ließ sich einfach nicht davon abhalten ihre Schwester zu besuchen. Natürlich freute sich die ältere Schwester riesig über den Besuch, ebenso ihr Gatte und die zwei kleinen Kinder Andy und Lisa. Es war eine willkommene Abwechslung und die Familie Dlamini mochte die hübsche Schwester sehr. Zudem hatten sie tatsächlich viel Freizeit, weil der Campingplatz, aus genannten Gründen, leider immer noch massiv unterbelegt ist und wenig Geld einbringt. Aber es war eben immer im Hinterkopf von Lethabo und Karin Dlamini, dass ihrer Schwester etwas passieren könnte, so wie der kleinen Schwester Sybille von der Familie Häberle auf der "Old wine Farm". Deshalb war ihnen der Besuch zu riskant in dieser schlechten Zeit in Alfalfa am Brandfleidam.

Der Tag X kam und die Dreimonatsfrist war um. Auf der Polizeistation in Alfalfa wurde nun fast Tag und Nacht mit der kleinen Besetzung gearbeitet. Alle Polizisten erhielten ihre Aufgaben klar zugewiesen und waren voll ausgelastet. Manfred Turm legte für die nächsten Tage noch eine Sonderschicht ein, um den Poolboy zu bespitzeln, denn er traute dem gut-aussehenden Mann aus England nicht. Zumal er zweimal verkratzt war und im Ort gut rumkommt. Durch seinen wechselnden Job als Poolboy bekommt er sowohl mit, wo sich welche Personen aufhalten und könnte sehr leicht die ent-sprechenden Opfer aussuchen. Denn in den meisten Bikinis der jungen Frauen sieht man mehr als man verbirgt. So wäre es für ihn ein leichtes sich bestens auf eine Entführung, usw. vorzubereiten. Aber er durfte seine Observierung des Poolboys weder der Kommissarin, noch dem Polizeichef Herrn Jacobs mitteilen, weil beide der Meinung sind, dass mit den guten Alibis des Poolboys dieser absolut nicht in Betracht kommt.

Weil es so heiß war ging Petra mit ihrer Familie im Brandfleidam schwimmen. Die Kinder Andy und Lisa waren an diesem Abend leider schon früh ungeduldig und nervig. So kam es, dass die Familie zurückwollte, um ihre kleinen Quälgeister ins Bett zu bringen. Petra wollte unbedingt noch eine Runde im herrlich frischen Wasser schwimmen. Weil sonst niemand am See war, liefen alle, außer Petra, schon vor zum Haus des Campingplatzbesitzers. Sie musste aber ihrer älteren Schwester versprechen, dass sie spätestens in einer Stunde im Haus ist und sie gemeinsam ein spätes Abendessen einnehmen.

Das Schwimmen machte Petra müde und so kam es, dass die hübsche Frau sich in ihrem äußerst knappen Bikini noch etwas hinlegte und die letzten Sonnenstrahlen des Tages genoss. Weil sie alleine war, zog sie ihren Bikini aus und deponierte die zwei kleinen Teile auf einen flachen Stein zum Trocknen. Anschließend legte sie sich nackt auf ihr Badetuch und beobachtete ein wenig den See und ihren Körper. Sie war sehr zufrieden mit sich, nur der gewaltig große und stramme Busen könnte ihrer Meinung nach ein wenig kleiner sein. So zogen die Tagträume vorüber und ihr fielen die schweren Augen zu. Sie schlief auf ihrem Badetuch am Sandstrand ein und die Sonne ging langsam unter. Es war ein sehr erotischer und sinnlicher Anblick, diese Schönheit so entspannt am uneinsehbaren Sandstrand, am klaren Wasser des Brandfleidams, ganz alleine liegen zu sehen.

Die Kinder Andy und Lisa waren so müde, dass sie nach einem kleinen Abendessen sofort freiwillig ins Bett gingen und einschliefen. So konnten Karin und Lethabo Dlamini noch ganz gemütlich ein Glas Rotwein zum Essen genießen. Da sie noch ein wenig Zeit hatten und es so ruhig war, kam Lethabo auf die Idee, sich mit seiner Frau ein wenig zu vergnügen. Er griff ihr liebevoll von hinten unter ihr T-Shirt an ihre äußerst üppige Oberweite und weil sie keinen BH nach dem Schwimmen trug, fühlte er die ganze Pracht ihrer mächtigen Oberweite. Erst wehrte Karin ihn ab und meinte, wenn Petra kommt und wir nicht fertig sind, was soll sie von uns denken.Lethabo sagte nichts dazu und ließ seine Hände weiter zart über ihre schönen Brüste kreisen. Er massierte sie und zwirbelte vorsichtig an ihren dicken runden Nippeln. Das machte Karin so scharf, dass sie nicht mehr anders konnte und so nahm das Liebesspiel seinen Lauf.

Karin und Lethabo Dlamini hatten sich schon längst wieder frisch gemacht und warteten bei einem zweiten Glas Rotwein, von der "Old wine Farm", auf ihre kleine Schwester Petra. Es war schon lange dunkel und Karin sagte zu ihrem Mann, komm wir gehen los und holen sie ab, vermutlich ist sie am See eingeschlafen. Der werde ich gleich was erzählen, denn sie versprach mir, in einer Stunde spätestens nachzukommen. Das Essen ist schon längst kalt und sie fehlt immer noch. Lethabo Dlamini holte kurz eine große Taschenlampe und dann liefen die zwei los, zuvor schauten sie nochmals in die Kinderzimmer, um sicher zu sein, dass ihre zwei Lieben auch wirklich schlafen.

Nach gut dreißig Minuten erreichten sie den schönen Sandstrand, der so richtig wild romantisch und ganz einsam am See des Brandfleidams liegt. Sie fanden Petra jedoch nicht vor, sondern nur ihr Badehandtuch und ihren Bikini, der sauber geordnet auf einem flachen Stein lag. Als die zwei dies sahen, schrie Karin Dlamini sofort laut nach ihrer Schwester Petra. Lethabo Dlamini fing mit seiner tiefen Stimme ebenfalls an zu rufen und lief den ganzen Strand entlang um sie zu suchen. Danach erweiterten beide den Radius und rannten durch die Büsche und unter den Bäumen um den naheliegenden Strand. Die Aufregung und Verzweiflung stieg von Minute zu Minute, vor allem bei Karin Dlamini. Ihre Stimme wurde immer lauter und greller, die Anspannung und Angst war deutlich zu hören. Dann suchten beide gemeinsam nochmals alles ab, aber leider ohne eine Spur von Petra zu finden. Nachdem eindeutig klar war, dass Petra verschwunden ist, zog Frau Dlamini ihr Handy raus und rief mit zitternden Fingern die Polizei in Alfalfa an. Sie hatte Glück und konnte wegen der Sondersituation in Alfalfa gleich jemand erreichen. Denn üblicherweise ist nach siebzehn Uhr keiner mehr auf dem kleinen Polizeirevier zu finden. Übernervös erzählte Karin Dlamini von dem Vorfall und schrie verzweifelt, dass sie bestimmt von diesem Serienmörder entführt wurde und schon vergewaltigt wird. Tränen brachen bei der fülligen Frau aus und das Sprechen fiel ihr sehr schwer, weil sie ihre eigenen Worte hörte und dadurch erst richtig wahrnahm, was diese bedeuten.

Der Polizeichef war am Telefonapparat und beruhigte die junge Mutter erst einmal und versprach sofort jemand vorbeizuschicken. Sie sollen dort bleiben wo sie sind, er hat die Koordinaten vom Strand. Die junge Kommissarin und der Kommissar aus Deutschland wurden vom Polizeichef beauftragt sofort dort hinzufahren und alles zu prüfen. Herr Jacobs geht davon aus, dass der Serienmörder zugeschlagen hat, denn es sind genau drei Monate seit dem letzten Vorfall vergangen. Die Brüder Mofokeng wurden von ihrem Chef beauftrag, die Gegend weitläufig um den eventuellen Tatort sofort abzusuchen. Alle Polizisten waren bis in die Haarspitzen motiviert und wollten unbedingt den Serienmörder fassen. Dann machte sich Herr Jacobs persönlich auf den Weg zum eventuellen Tatort, um sich alles anzuschauen und ggf. Hilfe zu leisten und den Einsatz zu koordinieren. Er verzichtete auf die übliche Zeit bis zur Vermisstenanzeige, ebenso auf die Anzeige selber, denn er wusste, wenn es der Serienmörder war, dann hat die Polizei max. drei Tage Zeit bis das Opfer umgebracht wird. Es zählt jede Minute, da bleibt keine Zeit für Formalitäten.

Vor Ort mussten die Kommissare erst mal Frau Dlamini beruhigen, um etwas mehr von ihr und dem Vorgang zu erfahren. Die Routinearbeit der Polizei startete nun, jeder wusste was zu tun ist. Familie Dlamini erzählte alles ganz genau und Herr Turm schrieb seine Notizen in sein kleines schwarzes Notizbuch.

Die Kommissarin fotograffierte in der Zwischenzeit den eventuellen Tatort und suchte nach Spuren, die auf einen Kampf oder sonstige Hinweise zur eventuellen Entführung hinweisen. Denn eines war den zwei Polizisten sofort klar, ganz ohne Kleidung läuft keine junge Frau in der Nacht freiwillig hier weg.

Dann trat Herr Jacobs am eventuellen Tatort ein und ließ sich kurz die aktuelle Situation berichten. Er fragte seine zwei Kommissare sofort, vielleicht war die junge Frau auch noch einmal nackt im See schwimmen und bekam einen Krampf oder einen Herzinfarkt und liegt nun am Grund des Sees. "Habt ihr das überprüft?" Die zwei Kommissare schauten sich beide an und schüttelten verneinend den Kopf. Herr Dlamini hörte alles mit und teilte der Polizei mit, dass er schnell zum Campingplatz zurück rennt und mit seinem Motorboot und den Flutscheinwerfern kommt, die er immer beim Nachtangeln auf dem See einsetzt.

Lethabo Dlamini war wirklich schnell mit dem Motorboot am eventuellen Tatort zurück und nahm alle Polizisten und seine Frau mit an Bord. Denn auf dem Strand oder der näheren Umgebung konnten keine Spuren eines Kampfes, Blut, Kleidungsstücke, ein paar Fetzen Stoff oder sonst irgendetwas, was auf eine Entführung hinweisen würde, gefunden werden. Mit den Flutscheinwerfern, die den flachen See bis zum Grund gut ausleuchteten, wurde der See systematisch abgesucht.

Ein paar Stunden lief diese Suchaktion. Zwischendurch funkte der Polizeichef immer wieder mit den Polizeibrüdern. Leider brachte keine der Suchaktionen den gewünschten Erfolg. Deshalb wurde die Arbeit in dieser Nachtvorerst beendet.

Nur Manfred Turm wollte noch nicht aufgeben und fuhr zum kleinen einfachen Holzhaus am Ortsrand von Alfalfa, um den Poolboy zu suchen und ihn zu befragen. Er klingelte, aber keiner machte auf. Deshalb schlich er ums Haus und schaute in den Schuppen. Der Poolboy war wohl nicht Zuhause, denn sein alter schwarzer verrosteten Pickup steht weder im Schuppen, noch sonst irgendwo. Für Manfred Turm war klar, er war damit verwickelt, denn warum sollte er sonst mitten in der Nacht unterwegs sein. Der Kommissar setzte sich in sein Auto und wartete bis der Poolboy nachhause kommen würde. "Dann schnappt er sich das Schwein", so war sein Plan.

Leider schlief Manfred Turm in seinem Auto ein und wachte erst auf, als die Sonne schon weit oben am Horizont stand, weil es im Auto unerträglich warm wurde. Der Pickup war immer noch nicht da. Manfred Turm war sofort klar, dass der Poolboy entweder wieder weg war oder erst gar nicht Nachhause kam.

Er startete sein Auto und fuhr alle Poolanlagen in der Umgebung ab, bis er den alten schwarzer verrosteten Pickup vor dem Haus der "Old wine Farm" entdeckte. Der sportliche Poolboy stand ganz entspannt am Pool der Familie Häberle und reinigte den Boden mit einem Sauger an einer langen Aluminiumstange. Er schaute freundlich und smart wie immer und begrüßte, den hastig heraneilenden Kommissar, Manfred Turm.

Der Kommissar fragte ihn etwas ungeduldig, ohne Begrüßung, wo er gestern Abend war. Ganz nett und freundlich antwortete der Poolboy, dass er in seiner Hütte im Riviersonderend Nationalpark ganz alleine war und ein leckeres fünfhundert Gramm Rinderhüftsteak gegrillt hatte, so wie einige Flaschen Bier trank, deshalb blieb er dort über Nacht, weil er seinen Führerschein nicht riskieren wollte. "Gibt es irgendwelche Probleme, oder warum haben sie es so eilig Herr Kommissar?", fragte der Engländer ganz entspannt. Der Kommissar blickte den Poolboy von oben bis unten an und stellte fest, dass er ein paar ganz frische Kratzer im Gesicht und den Armen hatte. "Was sind das für Kratzer und wo kommen die her?", fragte der Kommissar. Der Poolboy grinste smart und sagte dem Kommissar etwas gelangweilt, "Beim Brennholz sammeln bin ich ausgerutscht und in einen Stachelstrauch gefallen, hat mich leider ein paar Kratzer gekostet. Warum fragen sie, Herr Kommissar? Oder denken sie etwa meine Geliebte hätte gekratzt. Das habe ich nicht nötig bei den schönen Frauen?" Dabei zwinkerte er ganz lässig mit einem Auge.

Manfred Turm antwortete nichts, lief zu seinem Auto und fuhr in den Riviersonderend Nationalpark zur Hütte des Poolboys, um diese ganz genau zu inspizieren. Denn er glaubte dem arroganten und selbstherrlichen Poolboy aus England kein einziges Wort. Er mochte diesen Sonnyboy nicht, er kam ihm von Anfang an seltsam und irgendwie komisch vor. Sein Bauchgefühl sagte ihm, dass mit diesem Mann etwas nicht stimmt und er nicht diese Kratzer von seinen kleinen Unfällen hat und das gleich drei Mal. Sondern von den Frauen die er vermutlich entführt, vergewaltigt und ermordet hat. Leider fehlen ihm die Beweise und zum Polizeichef oder der Kommissarin braucht er damit nicht gehen, denn der Poolboy hat die zwei, mit seiner scheinbar smarten Art und dem guten Aussehen um den Finger gewickelt. Im Kopf von Manfred Turm kreist der Gedanke, dass er einen handfesten Beweis für die Tat benötigt, damit er dem Sonnyboy das Handwerk legen kann.

Tatsächlich war die Feuerstelle vor der Holzhütte, vom Vorabend noch warm und mehrere Flaschen Bier lagen daneben im Gras. Es ist alles so wie der Poolboy ihm es mitgeteilt hatte, dennoch kommt dem Kommissar das alles wie ein Schmierentheater vor. Er schaut sich nochmals die Hütte gründlich an, klopft gegen die verschlossene Tür und läuft einmal um die Holzhütte herum. Er hört und sieht nichts, spürt aber innerlich irgendeine Gefahr oder etwas anderes, er kann es aktuell noch nicht richtig deuten. Dann macht er sich auf den Weg zur Polizeistation Alfalfa, um des Chefs neu Order zu erhalten.

Im Haus der Familie Dlamini geht es laut zu, denn Karin Dlamini machte ihrem Mann Lethabo heftige Vorwürfe, weil er gestern Abend nur an Sex dachte und sein eigenes Vergnügen im Kopf hatte. Anstatt gleich zum See zu gehen und nach Petra zu schauen, dann hätte es vielleicht noch gereicht und sie wäre jetzt nicht vermisst und in den Händen dieser furchtbaren Sexualverbrecher und Mörder. Lethabo Dlamini entschuldigte sich immer wieder bei seiner, sonst so lieben und vernünftigen, Frau. Er versuchte ihr zu erklären, dass es nicht sicher ist, dass sie entführt wurde und es vielleicht auch nicht gereicht hätte früher an den Strand zurück zu gehen. Es nützte aber alles nichts, die Nerven lagen blank bei Karin, wenn es um ihre geliebte kleine Schwester ging. Auf der Polizeistation gab es für alle Polizisten ganz klare Anweisungen vom Polizeichef Jacobs. Die aktuellen Ermittlungen und Auswertungen zum Fall Petra wurden aus-getauscht. Manfred Turm hielt sich aus genannten Gründen zurück und hörte nur zu. Leider gab es noch keine heiße Spur oder irgendein kleiner Hinweis wo sich Petra aufhalten könnte. Die Beamten waren fix und fertig, weil sie zu den langen Arbeitszeiten und Sonderschichten, nun auch noch die halbe Nacht durchgearbeitet hatten. Erholung war für das Personal dringend nötig, das bemerkte auch Herr Jacobs, aber sie hatten maximal nur noch zwei Nächte Zeit, um den Serienmörder zu finden und das Opfer zu befreien. Er versuchte alle nochmals zu motivieren und bat um gute Arbeit, auch wenn es aktuell sehr anstrengend ist, aber wir müssen den Serienmörder finden, bevor die nächsten zwei Nächte rum sind. Alle wussten was er damit meinte und keiner fragte mehr etwas und sie stürzten sich erneut auf ihre Polizeiarbeit.

Lethabo Dlamini ging seiner Arbeit nach, damit er den Vorwürfen und der Streiterei, mit seiner Frau, aus dem Weg ging. Er reparierte gerade den Bootssteg an seinem Campingplatz, als ein kräftiger Mann mittleren Alters mit einem großen Ruderboot anlegte. Der gefährlich aussehende, athletische und große Mann wirkte ziemlich erschöpft und fragte Lethabo Dlamini, ob man hier für eine Nacht zelten kann. Lethabo Dlamini freute sich auf einen Gast und ging mit ihm zur Rezeption, nahm seine Daten auf und kopierte seien Ausweis. Dabei fiel ihm auf, dass sein Gesicht und der Oberkörper ganz verkratz war, dies kam ihm komisch vor. Zumal der Deutsche mit seinem ungepflegten Vollbart, der schiefen Nase, so wie der vernarbten Haut auf ihn sehr gruselig und unheimlich wirkte. Trotzdem fragte Herr Dlamini den Fremden, namens Uwe Müller aus Hamburg, ganz freundlich was er hier macht und woher er die ganz frischen Kratzer hat und eventuell. medizinische Hilfe benötigt. Herr Müller erzählte ihm, dass er sich ein Jahr Auszeit genommen hat, um Südafrika etwas besser kennenzulernen. Er ist schon lange in dieser Gegend, weil es hier so hübsche und willige Frauen gibt, ganz besonders die jungen schlanken Dinger mit den großen Brüsten gefallen ihm so gut. Dabei lachte er ganz erregt und zwinkerte mit einem Auge. "Nun umrunde ich mit dem Ruderboot den Brandfleidam, schaue mir die wunderschöne Landschaft an und nehme frauentechnisch mit, was mir so frisches, hübsches, nach meinem Geschmack, über den Weg läuft. Die kleinen schwarzen Gazellen sind hier richtig scharf und willig, aber ich stehe auch auf weißes Frischfleisch." Dabei zwinkerte er wieder mit einem Auge. Lethabo Dlamini antwortete nicht und grinste nur freundlich. Er erledigte die restlichen Aufgaben des Eincheckens, der Vorkasse und zeigte dem Hamburger wo er sein Zelt aufschlagen kann. Dann ging Uwe Müller aus dem Verwaltungshaus, sicherte sein Ruderboot am Steg des Campingplatzes und baute sein Zelt in aller Ruhe auf.

Lethabo Dlamini rief sofort die Kommissarin an und erzählte von diesem Uwe Müller aus Hamburg und den frischen Kratz-wunden. Weil er den Verdacht hatte, dass genau dieser Typ Mann mit diesen Verletzungen, so ein Serienmörder sein könnte, zumal er auch noch so lange in Südafrika war. Die Kommissarin sagte nicht viel und hörte zu. Sie teilte ihm nur mit, dass er da bleiben soll wo er ist und sie sofort kommt.

Die Kommissarin teilte ihren Kollegen kurzerhand vom Telefonat alles mit und anschließend fuhr der Polizeichef mit der jungen Kommissarin und Manfred Turm so schnell es ging zum Campingplatz am Brandfleidam. Im Auto wurden die Details zur Vorgehensweise wegen Uwe Müller genau besprochen. Die Kommissarin war voll dabei, denn für sie war dies jetzt schon der Serienmörder, denn alles passte wie die Faust aufs Auge. Unterwegs wurden die Brüder Mofokeng vom Polizeichef angerufen und der Einsatz am Campingplatz mit Schutzausrüstung, wie schusssichere Westen, Schnell-feuerpistolen, usw. angewiesen. Beide Autos der örtlichen Polizei trafen zeitgleich am Campingplatz ein.

Eilig sprangen alle Polizisten aus ihren Autos und liefen auf die beschriebene Zielperson zu. Als Uwe Müller dies aus der Ferne sah, ließ er den Hammer und die Heringe des Zeltes fallen und rannte zu seinem Ruderboot. Schnell löste er die Seile des Bootes vom Steg, schob es kraftvoll in den See und sprang sehr sportlich hinein. Er ruderte mit voller Kraft in Richtung Mitte des Sees. Die Brüder Mofokeng standen als erste am Ufer und schrien stehenbleiben oder wir schießen. Der Flüchtige ruderte hastig weiter und reagierte nicht. Nochmals riefen die Polizeibrüder, hier ist die Polizei, bleiben sie stehen oder wir schießen. Nachdem keine Reaktion von Uwe Müller kam, schossen die Brüder in die Luft. Inzwischen war der Polizeichef und seine zwei Kommissare auch am Steg angelangt. Einer der Brüder fragte den Polizeichef, "Sollen wir schießen, damit das Ruderboot untergeht?" Der Chef schrie: "Nein, das geht zu weit, holt den Lethabo Dlamini, der soll mit seinem Motorboot die Verfolgung aufnehmen."

Kaum ausgesprochen saßen alle Polizisten im Motorboot und verfolgten das Ruderboot mit Uwe Müller. Sie fuhren parallel zum Ruderboot, die Brüder Mofokeng sprangen dort hinein, überwältigten Uwe Müller und legten dem Mann sofort Handschellen an. Dann ging es zurück zur Wache, um den festgenommenen Mann zu verhören. Uwe Müller wurde auf der Polizeiwache von der jungen Kommissarin verhört. Sie wollte wissen wo er gestern Abend, vor drei-, sechs- und neun Monaten war und woher die Kratzspuren in seinem Gesicht / Brust kommen. Vor allem aber warum er vor der Polizei geflüchtet ist.

Uwe Müller fragte als erstes im Vernehmungsraum, ob er ein Glas Wasser und eine Zigarette bekommen könnte. Alle Polizisten schauten ihn ungläubig an, bis der Polizeichef Order gab dies zu beschaffen.

Nach dem zweiten Zug an der Zigarette fing Uwe Müller an zu reden. Er erzählte, dass er schon fast ein Jahr in Südafrika ist und nicht mehr weiß wo er vor drei- , sechs-, oder neun

Monaten genau war. Irgendwo in dieser Gegend, aber weil er so oft wechselt ist es unmöglich die Antwort darauf zu geben. Gestern war er unterwegs auf der Ostseite des Sees und ruderte nach Süden. Als es dunkel wurde legte er an, um am Ufer in seinem kleinen Zelt zu übernachten. Leider rutschte er dabei aus und fiel in einen Dornenbusch, dabei holte er sich die Kratzer am Körper und im Gesicht. Er meinte noch, es sieht schlimmer aus als es ist. Vor ihnen bin ich weggelaufen, weil ich sehr schlechte Erfahrung mit euren Kollegen gemacht habe und deshalb nichts mit der Polizei zu tun haben möchte. Die Kommissarin wollte wissen, ob er wirklich auf so hübsche junge und vollbusige Frauen steht und diese regelmäßig sexuell verführt, so wie er an der Rezeption auf dem Campingplatz prahlte. Vernaschte er gestern Abend auch so eine schöne weiße schlanke Frau, mit langem blonden Haaren und einer richtig großen Oberweite. Weil sie nicht freiwillig mitmachte, nahm er sie mit Gewalt und daher kommen die vielen Kratz-spuren? War es nicht genau so?

Uwe Müller zog nun etwas nervöser an der Zigarette und nahm ein Schluck Wasser, denn er merkte wie die schwarze Polizistin den Druck erhöhte. Er wiederholte alles noch einmal, auch wenn es nicht gefragt war, dann gab er Antworten auf die neuen Fragen der Kommissarin. "Ja, ich stehe auf so kleine, schöne, zierliche, junge Frauen mit möglich großen Brüsten, aber das ist doch nicht verboten, oder? Ja, ich bin manchmal ein wenig grob zu den jungen Dingern, aber ich habe noch nie eine Frau verprügelt, geschlagen oder gar vergewaltigt. Nein, so etwas mache ich nicht, das müssen sie mir glauben. So ein Grobian bin ich wirklich nicht, auch wenn ich so aussehe. Gut, manchmal kaufe ich mir ein Mädchen, weil ich die wirklich hübschen so nicht bekomme. Aber ich bezahle immer was ausgehandelt wird. Zumal in Südafrika die geilen Weiber wirklich günstig sind und so schöne große Brüste haben. Manchmal nehme ich auch zwei, weil ich mich nicht ent-scheiden kann, dann sind die noch geiler, weil jede es einem recht machen will und sie im Wettbewerb stehen. Aber gestern bin ich tatsächlich in einen Dornenbusch gefallen und habe ganz alleine in meinen Zelt am Ufer des Brandfleidams übernachtet. Es war weit und breit kein Mensch zu sehen, weder eine schöne Frau nach meinem Geschmack oder sonst irgendwelche Personen."

Das Verhör ging noch lange weiter und die Polizei erhöhte den Druck stetig, aber letztendlich gab der Uwe Müller ein Vergehen oder seine Schuld nicht zu. Er war nicht zu knacken, was sie auch taten. So kam er in die kleine Zelle in der Polizei wache von Alfalfa und wurde am nächsten Morgen weiter verhört, denn sie mussten wissen wo die vergewaltigte Petra eingesperrt ist. Denn sie gilt es rechtzeitig zu befreien.

Die Polizei biss sich fest an diesem Mann und es war ihnen klar, wenn sie keine Beweise hatten, dann brauchen sie ein Geständnis und vor allem die Information wo Petra gefangen gehalten wird. Die Polizei teilte sich auf, die einen verhörten den Hamburger Uwe Müller weiter und die anderen befolgten genau den Anweisungen des Polizeichefs und gingen entweder auf Streife oder vernahmen weitere verdächtige Personen. Trotz intensivster Bemühungen kam die Polizei nicht voran und die dritte und alles entscheidende Nacht brach an.

Manfred Turm legte sich am Abend, in seiner Freizeit, auf die Lauer in der Nähe des Hauses von Thomas Jones, dem Poolboy. Weil der immer noch sein heimlicher Favorit war, auch wenn er mit seiner Meinung ganz alleine dastand. Spät am Abend ging das Licht an und der Poolboy lief aus seinem Haus zum Schuppen hinüber, öffnete die Tore und fuhr mit seinem alten, schwarzen, verrosteten Pickup in Richtung Riviersonderend Naturreservat zu seiner Holzhütte, die mitten im Wald steht. Der Kommissar verfolgte ihn ganz unauffällig und stellte sein Auto lange vor der Holzhütte ab, um zu Fuß dort hinzuschleichen. Prüfte nochmals seine Dienstwaffe und legte zur Sicherheit seine schwarze schusssichere Weste an, zudem nahm er noch das Funkgerät der Polizei und sein Handy mit.

Als er das Haus in der Dunkelheit erreichte, sah er wie der Poolboy davorsaß und in aller Ruhe ein Bier trank und ein

Joint rauchte. Dann stand er auf und lief in die Hütte, schloss diese von innen ab und verrückte einen massiven Holzschrank, öffnete eine Falltür und stieg dort hinab. Alles das sah Manfred Turm von außen durch ein kleines Fenster, durch dass er nicht passte. Thomas Jones, der Poolboy stand nun im betonierten Keller der massiven Holzhütte und fragte Petra, "Na süße machst du heute freiwillig mit, oder muss ich dir erst wieder mit Gewalt zeigen wie es geht. Du solltest genauso viel Spaß haben wie ich, denn heute ist vielleicht deine letzte Nacht. Also gib dir Mühe und zeige mir deine Liebe, damit ich dir noch eine Chance gebe." Dann lief er näher zu Petra, die nackt auf dem Betonboden zusammengekauert im Eck saß und leise vor sich hin wimmerte. Sie war verdreckt, verkratzt, blutig und hatte abgebrochene Fingernägel, so wie ein paar kleinere Platzwunden und blaue Flecken. Thomas Jones fragte Petra, "Womit möchtest du denn heute anfangen. Vielleicht bläst du mir als erstes einen ganz lieb und dann werde ich deine kleine feuchte, rasierte und geile Muschi verwöhnen. Zum Schluss besorge ich es dir nochmal so richtig gut in deinen Arsch, darauf stehst du doch ganz besonders, oder nicht?" Nun wimmerte Petra etwas lauter vor Angst und versuchte sich immer kleiner zu machen. Dann zog der Poolboy ein paar Pillen aus der Hosentasche und warf sie sich ein. Zog danach eine Spritze mit Heroin aus der Tasche und sagte zu Petra, "Wenn du heute richtig gut mitmachst, dann bekommst du vielleicht keine Todesspritze in den Hinterkopf und darfst mich noch eine Weile glücklich machen. Deine Vorgängerinnen stellten sich leider immer so ungeschickt und dumm an, auch noch in der dritten Nacht, deshalb musste ich ihnen leider die Spritze in den Hinterkopf geben und sie "Entsorgen". Aber du bist doch cleverer als deine Vorgängerinnen und wirst es mir so gut besorgen, dass ich nichts zu beklagen habe und du mich noch weiter lieben darfst. Nicht war mein blonder Engel. Komm zeig mir deine schönen großen und prallen Brüste, damit ich meinen Penis dazwischen hin und her schieben kann, das gefällt dir doch immer so, davon wirst du doch immer so scharf, nicht war Petra?" Petra zog ihre Arme, unter Tränen, immer fester um die angewinkelten Knie, denn sie wusste wie dieses perverse Spiel gleich weiter geht. Dabei wimmerte sie heftiger und wurde vor Angst fast ohnmächtig.

Der Poolboy zog sich nun aus und streifte ein Kondom über seinen Penis. Dann sagte er zu Petra, "Ich habe noch fünf weitere Kondome dabei, da werden wir die ganze Nacht viel Spaß haben. Ich weiß ja, dass du so gerne mit mir Sex machst und es gar nicht erwarten kannst bis ich in dir drin bin und es dir so richtig gut und heftig besorge. Aber heute solltest du mich nicht so verkratzen, denn der junge Kommissar ist schon ein wenig zu neugierig geworden.

Nicht dass wir zwei hübschen noch auffällig werden und du mich nicht mehr lieben kannst, nur weil du es mit dem Kratzen nicht bleiben lässt. Das willst du doch nicht, du möchtest mich doch noch oft lieben wie in den zwei schönen Nächten zuvor mit uns, nicht war liebe Petra?"

Petra zitterte vor Angst am ganzen Körper und die Tränen schossen ihr nur so aus dem Gesicht über ihre blutigen Wangen. Sie fasste ihren ganzen Mut zusammen und wimmerte ganz leise, "Bitte heute nicht, lass mich doch gehen ich verrate auch keinem etwas." Der Poolboy lächelte ganz nett und sagte zu ihr liebevoll: "Petra, was sind das für schreckliche Worte aus deinem schönen Mund, ich dachte du liebst mich und freust dich auf unseren schönen Sex. Wenn du erst mal meinen Penis im Mund hast und ihn so richtig schön verwöhnen darfst, so wie du es doch magst und die letzten zwei Nächte immer wieder so gerne gemacht hast, wird es dir besser gehen und du kommst auf ganz andere Gedanken." Dann trat er näher an Petra heran und griff sie fest am Kopf und öffnete gewaltsam ihren Mund. Mit dem Daumen sicherte er ihren Kiefer, so dass sie nicht zubeißen konnte und fing an sein halb erregtes Glied in ihrem Mund zu bewegen. Dabei musste Petra immer wieder würgen, weil er weit bis hinter ihren Rachen am Zäpfchen vorbei, in den Hals stieß. Oft bekam sie kaum Luft und wurde fast ohnmächtig. Es war so eklig und brutal was der Poolboy mit ihr trieb, aber sie konnte sich nicht befreien, weil er kräftemäßig einfach weit überlegen war. Dann sagte der Poolboy, "Das gefällt dir heute wieder. Ich merke doch ganz genau wie geil du wirst und dein Fötzchen schon anfängt zu tropfen, weil du es kaum erwarten kannst bis der große Meister dich so richtig glücklich macht, in dem er deine Muschi so hart und kraftvoll stößt, so wie du es immer magst.

Aber heute habe ich mir überlegt, werde ich es dir als erstes so richtig geil von Hinten in deinen kleinen Arsch besorgen. Da stöhnst du doch immer so heftig, weil dich das so überaus glücklich macht, nicht wahr Petra, mein blonder Sonnenschein. Es macht mit dir auch viel mehr Spaß als mit deinen drei Vorgängerinnen."

Dann zog er seinen Penis aus ihrem Mund und wollte sie rumreißen, dabei wollte Petra, bevor die schmerzhafte Prozedur weiter ging nochmal alles riskieren und ihn erneut fragen, ob er sie nicht gehen lassen könne, wenn sie niemand etwas sagen wird. Als sie anfing zu sprechen, wusste er schon was sie sagen wollte und schlug ihr kraftvoll mit der Faust auf die Wange, so dass eine weiter kleine Platzwunde entstand und das Blut herausrann. Damit war der letzte Widerstand in ihr gebrochen. Er setze sie wie einen Hund auf alle viere und versuchte seinen Penis in ihren Hintern zu stecken, weil sie ihn aber nicht rein ließ, schlug er nochmals kräftig in die Nieren, dass ihr die Luft weg blieb. Nachdem er mit roher Gewalt in ihren After eindrang und das Blut davon tropfte, sagte er zu ihr, "Mein Schatz, stell dich doch nicht immer so zickig an, ich weiß doch schon längst, das dir Analsex am meisten Freude macht und dich so geil werden lässt, dass du nicht genug davon bekommst und es immer und immer wieder von deinem Meister haben möchtest, nicht war Petra? Du sagst ja gar nichts mehr." Dann stieß er kraftvoll und mit voller Wucht seinen Penis bis zum Anschlag in ihren After und Petra schrie vor Schmerzen laut auf.

Als Manfred Turm den verzweifelten lauten Aufschrei hörte, Schlug er mit seiner Dienstwaffe die kleine Fensterscheibe der Holzhütte ein und rief: "Aufhören, hier ist die Polizei, kommen sie mit erhobenen Händen heraus!" Es war nichts mehr zu hören in der Hütte und der Kommissar rief die Verstärkung von der Polizeistation Alfalfa an.

Dann folgten weitere Schreie aus dem betonierten Keller der massiven Holzhütte und der Kommissar rannte zum Eingang und schoss auf das Türschloss. Erst nach dem dritten Schuss sprang die Tür auf und Manfred Turm rannte, ohne zu überlegen, hinein. Er eilte zum Kellerabgang und konnte seinen Augen nicht trauen. Der Poolboy hielt Petra fest vor sich in einem Arm und mit dem anderen drückte er die Todesspritze an ihren Kopf. Der Poolboy sagte: "Einen Schritt weiter und ich setzte ihr die Todesspritze." Langsam lief der Kommissar die Treppe hinunter und als er unten ankam wiederholte der nackte Poolboy nochmals seine Drohung. Dann standen sich beide nur ein paar Meter entfernt gegenüber. Es war eine Patt Situation. Dann schlug Petra mit aller Kraft, die sie noch hatte, mit ihrer Faust in die Hoden des Poolboys. Der zuckte kurz vor Schmerzen zusammen und wollte dann die Todesspritze in Petras Kopf stoßen. Manfred Turm erkannte dies und schoss auf die Hand mit der Spritze. Der Poolboy schrie vor Schmerzen auf und lies die Spritze fallen. Petra konnte sich in dieser Sekunde befreien und rannte hinter den Kommissar. Gleichzeitig hob der Poolboy die Spritze mit der anderen Hand auf und wollte diese in die Brust des Kommissars stechen. Er kam so schnell und kraftvoll heran, dass es dem Poolboy gelang die Todesspritze in die Brust des Kommissares zu stechen und komplett zu injizieren. Der Kommissar wurde kreidebleich und schoss gleichzeitig in den Fuß des Poolboys. Der krümmte sich wieder vor Schmerzen und diese Zeit nutze Manfred Turm, um dem Poolboy die Handschellen anzulegen.

Dann standen auch schon die Brüder Mofokeng in voller Ausrüstung am Kellerabgang, ebenso wie die Kommissarin und der Polizeichef. Alle hatten ihre Waffen auf, den in Handschellen gelegten Poolboy, gerichtet.

Die drei gingen aus dem Kellerloch und einer der Brüder holte schnell eine Decke und warf sie Petra über. Dann schauten alle den Kommissar Manfred Turn an und wunderten sich, denn die Spritze steckte immer noch injiziert in seiner Brust und er fiel nicht um. Der Kommissarin liefen schlagartig die Tränen übers Gesicht, denn sie wusste in wenigen Minuten ist Manfred Turm tot und nichts kann ihn retten. Alle steckten die Waffen weg, denn der Kampf war vorbei, nur der Kommissar stand erstaunlicher Weise immer noch, aber es konnten nur noch Sekunden sein, bis er zusammenbricht und Tod ist.

Dann öffnete Manfred Turm seine Jacke und zog sein kleines schwarzes Notizbuch aus der Brusttasche, lachte und fluchte, jetzt ist das Notizbuch mit den Drogen vollgespritzt und ich muss mir ein neues kaufen. Alle lachten laut im Raum und freuten sich riesig, nur der nackte Poolboy ärgerte sich maßlos, fluchte und wimmerte vor Schmerzen.

Der Festgenommene wurde abgeführt und in die Zelle der Polizei in Alfalfa gesteckt, gleichzeitig ließen sie Uwe Müller gehen und entschuldigten sich bei ihm. Alle klopften Manfred Turm auf die Schulter und bedankten, bzw. gratulierten ihm für seinen Spürsinn und der wirklich exzellenten Polizeiarbeit.

Petra wurde in die kleine Notaufnahme der Krankenstation von Alfalfa gebracht und medizinisch versorgt. Die kleine Krankenstation erstellte zudem Beweisfotos von den vielen kleinen Verletzungen an ihrem wunderschönen Körper.

Etwas später wurde Thomas Jones, der Poolboy, in der selben Krankenstation notversorgt. Weil beide Schusswunden, an der Hand und dem Fuß, reine Durchschüsse waren und nur Gewebe und Fleisch durchlöchert wurde, war keine aufwendige Operation erforderlich. So konnte auch er schnell und unproblematisch in der kleinen Krankenstation versorgt werden und musste nicht nach Kapstadt in eines der besten Krankenhäuser der Welt eingeliefert werden. Denn in Kapstadt gibt es richtig gute Privatkrankenhäuser, die qualitativ zu den besten der Welt zählen, aber den Poolboy hätte man in ein kostenfreies, einfaches, staatliches Krankenhaus, z.B. dem berühmten "Groote Schuur" mit dem Helikopter geflogen, wenn es medizinisch erforderlich gewesen wäre.

Die Polizei vernahm den geständigen Poolboy noch im Krankenhaus und protokollierte alles ganz genau. Thomas Jones unterschrieb anschließend sein Geständnis, auch das der anderen drei Frauen, die er entführte, mehrfach oral, vaginal und anal aufs übelste vergewaltigte, misshandelte und anschließend in der dritten Nacht jeweils die Todesspritze gab. Er prahlte sogar noch im Krankenhaus, was für ein toller Liebhaber er ist und wie oft er es in einer Nacht mit einer jungen Frau treiben konnte, auch wenn sie anfangs, seiner Meinung nach, nicht so recht mitmachen wollten. Aber wenn die jungen geilen Dinger erst mal auf den Geschmack mit ihm kamen, dann wollten sie gar nicht mehr aufhören. Ja, sie haben sich alle in mich verliebt, weil ich es ihnen so gut und lange besorgt hatte. Darauf stehen solche zarten Frauen mit so schönen großen Brüsten. Da kennt er sich gut aus und weiß dies ganz genau. Beim Entsorgen arbeitete ich nicht gründlich genug, das hätte ich deutlich besser machen können, aber da war ich wohl ein bisschen zu schlampig, sagte der Poolboy als einzige Entschuldigung. Die Polizisten schüttelten die Köpfe und verstanden den perversen Serienmörder nicht, denn es war kein einziger Satz von Reue oder gar Mitleid bei der Tat an den geschädigten und ermordeten Frauen zu hören.

Die Kommissarin fragte noch, wie er so unauffällig die Frauen entführen konnte, ohne dass etwas auffiel.

Der Poolboy war auch darauf ganz stolz, wie er das so gut hinbekommen hatte. Er beobachtete die jungen Frauen, also die die ihm besonders gut gefielen und den Körperbau hatten, auf die er steht. Danach schnappte er sich die jungen geilen Dinger und betäube sie mit Äthanol und warf zusätzlich ein paar kleine Drogen ein, so dass sie ruhig waren. Dann legte er sie in seinen Pickup auf die Rückbank und fesselte sie, sodass ein

Entkommen nicht möglich war. Bei der kleinen geilen Schwarzen von der "Old wine Farm" musste ich nochmals nachlegen, damit die kleine Schlampe mir keinen Ärger machte und um Hilfe rief. Diese Frauen muss man einfach zu ihrem Glück ein wenig zwingen. Denn oftmals wissen die nicht so ganz genau was ihnen fehlt. Da können sie froh sein, dass ich dann da bin und sie auf den richtigen Geschmack bringe und sie so richtig schön und lange verwöhne. Das gefällt diesen kleinen geilen Ludern, da können sie ihre heimlichen Wünsche nach Sex so richtig gut mit mir ausleben.

Die Polizei aus Kapstadt holte den Serienmörder ab undbrachte ihn in das gleiche Gefängnis wie zuvor den scheinbaren Serienmörder Bokamoso Mahlangu.

In Kapstadt ging beim Gericht alles ganz schnell, weil der Poolboy nochmals ein sauberes Geständnis ablegte. Er wurde zu fünfundzwanzig Jahren Haft ohne Bewährung und mit anschließender Sicherheitsverwahrung bestraft. Im Klartext heißt das, dieser Mann kommt nie mehr in die Freiheit. Begründet wurde dies durch mehrere medizinische Gutachten, die ihm eine gespaltene Persönlichkeit in besonders schweren Fall und den Hang zum Größenwahn, so wie ein stetig steigenden Wahnsinn, bescheinigten. Um es milde und mit einfachen Worten zu sagen, ist er geistig unheilbar Krank und verrückt geworden. Mit dieser Höchststrafe kann der Poolboy niemals mehr irgendeiner jungen Frau etwas zu Leibe tun. Früher, als es in Südafrika noch die Todesstrafe gab, hätte der Poolboy Thomas Jones aus England sicherlich diese erhalten.

Petra erholte sich relativ schnell in Südafrika, auf dem Campingplatz bei ihrer Schwester Karin und ihrem Gatten Lethabo Dlamini. Glücklicher Weise hatte sie es so gut weggesteckt, dass nach der professionellen Unterstützung durch die besten Psychiater des Landes, keine Folgen mehr auftraten.

Bokamoso Mahlangu kommt unschuldig aus dem Gefängnis. Auch die Vorstrafe entfiel, weil im Nachhinein auch hier festgestellt wurde, dass er komplett unschuldig war.

Auf der "Old wine Farm" wurde er bei seinem alten Arbeitgeber, der Familie Häberle, wieder eingestellt und ist inzwischen sogar Vorarbeiter. Georg Häberle bezahlte dem armen Kerl die Operation in einer der besten Privatkliniken in Kapstadt, um seine Hasenscharte operativ zu entfernen. Bokamoso Mahlangu seine Familie ist nun glücklich und ganz stolz auf ihren Sohn, zumal er auch noch eine feste Freundin hat, mit der er eine Familie gründen will und sich beide Kinder wünschen.

Die Polizei in Alfalfa feierte ausgiebig diesen Erfolg, zumal sie diesen Fall mit so wenig Personal lösten. Ganz besonderen Dank gilt hier dem Kommissar Manfred Turm aus Deutschland.

Der Polizeichef von Alfalfa geht in absehbarer Zeit in seine wohlverdiente Pension und die junge Kommissarin übernimmt seine Funktion, weil sie immer so gute Arbeit leistete und den Mordfall so aktiv und engagiert mit aufklärte.

Der Kommissar aus Deutschland machte erst mal Urlaub in Südafrika und wer weiß, vielleicht gibt es noch ein Happyend mit der jungen hübschen Kommissarin aus Alfalfa.

Sybilles Eltern fliegen regelmäßig nach Südafrika, um ihre ältere Tochter und dessen Familie zu sehen und um zu helfen, auch wenn es ihnen gesundheitlich nicht mehr so gut geht. Gemeinsam, nach langer Zeit, verkrafteten sie den Tod ihrer geliebten Tochter und fanden ihren Seelenfrieden.

Familie Khumalo trauerte noch lange über den Verlust ihrer geliebten Tochter Omphile und ihrer beste Freundin Amogelang Buthelezi. Gemeinsam stützten sie sich und ihre Zufriedenheit kehrte wieder zurück, weil sie froh waren, dass der Mörder gefasst wurde und weil es der restlichen Familie gut geht.

In Alfalfa gab es nie wieder so einen Sexualverbrecher und Serienmörder, deshalb vergaß die Kleinstadt allmählich den Vorfall und alle konnten sich wieder in die positive Zukunft ausrichten und auf das Leben in der schönen Umgebung von Südafrika freuen.

Widmung

Dieses Buch widme ich all den vielen Frauen
die leider so ein Leid, wie im Buch beschrieben,
durchleben mussten, oder gar zu Tode kamen.
Möge so etwas in Zukunft nie mehr vorkommen
und immer rechtzeitig verhindert werden.